나는 이제
사랑하기로 했다.

딜Book

차례

연애결혼 For 남자

1. 여자 마음 사로잡는 법 (feat. 꼬시는 방법)   8

2. 나를 어장관리하는 여자, 내 꺼 만드는 방법!   13

3. 소개팅 후 나를 차버린 여자에게 연락하는 방법   18

4. 남자 소개팅 필승 성공법   24

5. 여자친구 연락 족쇄 벗어나는 방법   31

6. 나를 좋아하는 여자, 나를 싫어하는 여자 구분하는 방법   38

7. 여자친구 화 풀어주는 법 – 그래도 일단 풀어줍시다   46

8. 재회하는 법   54

9. 어리고 예쁜 여자 만나는 방법   60

10. 여자들이 좋아하는 찐 멋진 남자　　　　　　　　65

11. 애프터에서 삼프터로 – 연락 이어나가는 방법!　　71

12. 연인에게 현명하게 화내는 방법　　　　　　　　79

13. 연인 사이에 화날 일이 없다는 건　　　　　　　87

14. 남자 모태솔로 탈출법　　　　　　　　　　　　92

15. 30대, 넌 이미 아저씨다　　　　　　　　　　　98

16. 나쁘지 않은 여자 & 괜찮은 남자가 썸탈 때 일어나는 일　105

17. 30대 남녀가 결혼 못 하는 진짜 이유　　　　　108

연애결혼 For 여자

1. 남자들이 좋아하는 진짜 예쁜 여자　　　　　　　114

2. 남자가 심쿵 하는 여자 행동　　　　　　　　　120

3. 결혼하기 전 반드시 생각해봐야 할 문제
　　– 결혼할 남자 고르는 법　　　　　　　　　128

4. 남자가 좋아하는지 아는 법,
나를 진짜 좋아하는지 궁금하다면　　135

5. 세상에는 네 종류의 여자가 있다　　143

6. 남자친구가 있는 30대 여자들의
대착각과 대처 방법 (팩폭주의)　　151

7. 과연 내 눈높이는 어디쯤일까? (현실 vs 이상)　　156

8. 남자친구 알아서 연락 오게 하는 방법　　162

9. 썸남, 썸녀에게 집착하지 않는 유일한 방법　　170

10. 나는 왜 쓰레기만 만나는 걸까?　　177

11. 아름다운 이별 – 제대로 잘 헤어지는 방법　　183

12. 남자가 나에게 계속 잘 하게 하는 방법　　191

13. 그는 당신에게 반하지 않았다 – 맞아, 썸 아니야　　200

14. 남자친구가 더 표현하게 만드는 방법　　207

15. 잘생긴 그 남자! 꼬시고 싶어 – 이렇게 하면 가능!　　214

16. 무조건 생각나는 여자의 공통점　　223

17. 절대 괜찮은 남자들을 만나지 못하는 여자들의 특징　　227

모두의 지인
- 연애결혼 -

For 남자

1
—

여자 마음 사로잡는 법 (feat. 꼬시는 방법)

    여자 꼬시는 방법! '꼬신다'라는 의미는 호감이 전혀 없는 여자가 당신을 좋아하게 만드는 것이다. 내가 관심 있는 여자가 나한테 관심이 없다? 그럼에도 불구하고 그 여자가 나에게 호감을 느끼게 하는 방법! 주의사항은 호감이 없는 것과 싫어하는 것은 엄연히 다르기 때문에 나를 싫어하는 여자에게는 이렇게 해봐야 큰 의미 없다. 적어도 나를 나쁘게 생각하지는 않는 정도는 되어야 한다.

남자는 반드시 다음과 같은 마음가짐을 가질 것!

첫째, 지금 당장 어떻게 해보겠다는 생각은 버린다. 간혹 내가 관심 있는 여자가 나에게 먼저 들이대거나 추파를 던지는 경우가 있는데, 그때는 뭐, 모르는 척 슬쩍~ 넘어가 주면 되는 거고. 그 외 내가 마음먹고 여자를 꼬셔내야만 하는 경우엔, 절대 어설프게 당장 뭘 어떻게 해보려고 하지 말고, 그 여자에게 '넌 나에게 소중한 존재다'라는 느낌만 들도록 해야 한다. 그러다 서로 호감이 확 끌렸을 때는 남자답게, 박력 있게 Go!

둘째, 내 생각이 계속 나도록 그렇게 유도한다. 대화하다 보면 내 행동에서 그녀가 웃거나 즐거워하는 포인트가 있었을 거다. 그걸 캐치해서 평소에 연습을 해뒀다가 자연스럽게 툭툭~. 그녀가 좋아했던 행동들을 너무 자주 말고, 과장되게 말고, 자연스럽게~! 한 번씩 내가 떠오를 수 있게 그녀 앞에서 행동하는 거다. 사실, 이건 유머 감각이 좀 있는 친구들은 쉬운데, 나는 유머 감각도 별로 없고, 그런 센스도 없다? 그렇다면 일단 무조건 다정하게 친절해야 한다. 계속~. 느끼하게 말고 다정하게(이게 중요함).

  셋째, 사전에 충분한 조사를 통해서 그녀가 좋아하는 음악, 그녀가 좋아하는 향, 냄새 같은 걸 철저하게 파악해둔다. 그녀가 좋아하는 남자 스타일, 이런 건 미리 알아내서 내가 적용을 시키면 제일 좋고. 가까운 지인도 없고, 대체 저 사람이 어떤 스타일을 좋아하는지, 어떤 향을 선호하는지 전혀 모르겠다? 혹시 그녀는 비흡연자인데 내가 흡연자라면? 일단 담배는 무조건 끊도록 한다. 비흡연자 중에 담배 냄새 좋아하는 여자는 아무도 없다. 못 끊겠으면 적어도 그녀를 만나기 3일 전부터…. 최소 이틀 전부터는 피우지 말 것. 담배 피운 날 입었던 옷이랑 같이 넣어 뒀던 옷들도 절대 입지 마! 냄새나니까. 너는 모르겠지만 냄새나. 비흡연자 여자에게 어필하려면 담배 절대 피우지 말고, 그리고 향기는 이도 저도 모르겠으면 좋은 섬유유연제를 쓰면 된다. 다우니 쓰면 되지. 팍팍 쓸 것! 그 향만 몸에서 삭~ 나도 얼마나 좋은데~. 깔끔한 남자에게서 나는 향기. 모든 여자가 좋아할 포인트다.

네 번째, 내가 가진 장단점을 정확하게 파악해서 단점을 반드시 보완한다. 예를 들어, 좀 왜소하고 어깨가 좁은 편인 남자라면 상의에 포인트를 주면서 약간 박시하게! 그런 식으로 내 단점을 감쪽같이 감추고 뭔가 스타일리쉬해 보이도록 입어야 한다. 이때 절대 하지 말아야 할 거! 남자들끼리 보는 사이트에 오늘 이렇게 입고 갈 건데 어때요? 이딴 짓 하지 말 것. 차라리 여자 커뮤니티에 가서 물어보면 오히려 정확하게 알려줄지도 모른다. 단점 보안, 장점 강조!

마지막 다섯 번째, 모든 여자에게는 공통점이 딱 한 가지가 있다. 뭘까? 모든 여자가 다 가지고 있는 그것, 바로 모성애다. 투박스럽지만 귀엽게 어필해야 한다. 나 같은 경우엔 예쁘게 생글거리면서 웃는 남자 얼굴에 마음이 흔들리는데, 뭐, 그런 식으로~ 과하지 않게 귀여움을 어필하는 게 중요하다. 여자마다 모성애를 느끼는 포인트는 다를 수 있으므로 평소 그 여성에 대해 많은 정보를 모아서 분석해두면 좋다.

이상 다섯 가지! 앞에서 말한 다섯 가지 사항을 명심하고 제대로 전략을 펼친다면 당신이 좋아하는 그 여자와 가까워지는 건 충분히 가능하다. 시간문제일 뿐….
다만 모든 것에는 예외가 있다. 내가 좋아하는 그녀가 남자친구가 있거나 다른 좋아하는 사람이 있는 경우. 여자의 마음은 갈대라는 말이 괜히 나온 게 아니다. 그런 상황이라면 그 남자와 싸우거나 힘들어할 때 그때 내가 불러낼 수 있는 그런 남사친이 되는 게 1번이다. 그때는 위에서 말했던 5가지 사항을 정확하게 숙지하고 만나야 한다. 그리고 두 번째 예외. 어장관리하는 여자가 있다. 근데, 그런 여자는 옳지 않아. 옳지 않기 때문에 그렇다면 너도 어장관리하면서 만나면 된다. 다만 간혹 어장관리하는데, 근데도 좋다, 내 걸로 만들고 싶다. 그럼 뒤이어 나올 어장관리녀 내 꺼 만드는 방법을 확인!

2

나를 어장관리하는 여자, 내 꺼 만드는 방법!

안타깝다는 말씀을 먼저 전해드립니다. 많고 많은 좋은 여자 중에서 하필 어장관리를 하는 그녀에게 마음을 빼앗긴 당신. 안타깝지만 그 또한 사랑이길 바라는 마음으로 나를 어장관리하는 그녀를! 내 여자로 만드는 방법 알려드릴게요. 지피지기백전불태知彼知己百戰不殆! 우선 어장관리녀의 종류부터 알고 갑시다.

1. 90%의 어장관리를 하는 여자들은 본인이 어장

관리를 하고 있다고 생각하지 않습니다. 진정한 사랑을 만나기 위해 이 남자, 저 남자 다 만나본다고 생각하죠.

2. 나머지 10%의 어장관리하는 여자들은 어장관리를 즐기는 사람입니다. 이들이 무서운 사람들이죠.

다음으로 어장관리를 하는 여자들의 특징! 어장관리녀들은 가는 남자 안 막고, 오는 남자 마다하지 않아요. 내가 생각하는 남자의 기준치보다 그 이상이기만 하다면 오는 남자는 무조건 커먼~! 그리고 대부분 남자에게 잘 웃어줍니다. 잘생기고 못생기고 이런 거 상관없음. 일단 웃어요. 그리고 굉장히 친절하죠. 모든 남자에게 친절하게 대하고, 스쳐 가는 남자도 놓치지 않고, 이 남자 좀 괜찮다 싶으면 바로 기회를 봅니다. 남자는 이 여자랑 사귄다고 생각하지만, 정작 본인은 그냥 썸타는 사람이 많다고 생각하기 때문에, 간섭받는 것도, 간섭하는 것도 싫어합니다. 그리고 어장관리를 하는 대부분은 금사빠! 그냥 보고 괜찮으면 좋아해버려~. 그런 괜찮은 사람이 많은 것뿐인 거지. 본인은 간섭받는 걸 싫어하면서 남자만 간섭하려는 극소수는 예외로 둘게요~.

다음은 본론. 어장관리녀 내 여자 만드는 순서.

1. 이제부터 나는 그녀의 아빠라고 생각한다. 그녀를 꼬시기 위해서는 그들보다 한 수 위에 있어야 해요. 나의 그녀가 무엇을 하든, '건강하게만 자라다오'라는 심정으로 그녀를 대해야 합니다.

2. 내 마음은 바다다. 그녀가 다른 남자와 뭘 하든 이해할 수 있는 포용력이 필요합니다. 할 수 있겠어요? 말 그대로 그녀는 어장관리녀이기 때문에 이 남자, 저 남자 만나면서 분위기에 취해 무슨 짓을 할지 몰라요. 하지만 아직 내 꺼 아니니까 여기서 역정 내면 거기서 바로 아웃. 그거조차 이해할 수 있고, 견뎌낼 수 있어야 합니다.

3. 결국, 사랑도 타이밍이다. 일단 어장관리녀의 부모님 그 이상으로 그녀를 사랑한다고 스스로 느끼게 해야 한다고 했죠? 어장관리녀들도 혼자 생각할 때가 있어요. 습관적으로 늘 휴대폰을 보면서. 그러면서 혼자 사색에 빠지는 거죠. 여러 남자를 만나면서 본인 자신

도 헷갈리거든. 스펙은 얘가 좋은데, 얼굴은 쟤가 더 잘생겼고, 성격은 얘가 더 다정한데, 쟤가 더 매력이 있고 등등…. 이런 게 그냥 그녀들이 하는 사색이에요.

근데, 항상 연락이 오는 남자들이 많아 사색을 자주 하진 않지만, 이 혼자 생각하는 사색의 시간이 굉장히 지루하게 느껴질 거예요. 바로 그때! 연락하는 남자가 되어야 하는 것! 연락할 때도 절대 간섭이 아닌, 너의 행복과 안녕을 위해서라면 나는 뭐든지 할 수 있어. 나는 너를 좋아하지만, 혹시나 내가 부담되고 나를 불편해한다면 너에게 부담을 주지 않고 나는 떠날 수도 있어, 하는 식으로 은연중에. '나를 진심으로 좋아해 주는 괜찮은 남자가 나를 떠날 수도 있다.' 이런 생각이 은연중에 들도록 해야 합니다.

그런데 어장관리를 하는 여자들은 습관적으로 하는 그런 뻔한 카톡은 이미 다 꿰고 있어요. 그렇기 때문에 어장관리녀에게 카톡할 때는 한 번 더 생각해서 절대 그녀가 생각지도 못한 식의 내용이되, 진정성이 있는, 그리고 센스가 돋보이는 카톡을 보내야만 합니다. 센스 있는 남자를 싫어하는 여자는 아무도 없어요. 괜찮은 남자들은 많은데, 센스 있는 남자를 찾는 건 쉽지가 않거든요.

　이렇게 미묘하고 복잡하면서 엄청난 포용력으로 안아줘야만 하는 그런 어장관리녀를 그래도 사랑하신다면 이른 시일 내에 뭘 어떻게 해보겠다는 마음은 그냥 버려야 해요. 일단 한숨 한번 크게 쉬고~. 다 내려놓고 위에서 말한 대로 천천히 그녀에게 다가간다면 어장관리녀 내 꺼 할 수 있지! 그러고 나서 그녀가 날 더 좋아하게 만든 다음에 버려도 돼. 왜냐하면 그녀는 어장관리녀니까!

3

소개팅 후 나를 차버린 여자에게 연락하는 방법

 남자 A, 여자 A가 소개팅을 했다. 분위기는 서로 나름 괜찮았는데, 결과적으로 남자 A는 여자가 아주 마음에 들었다. 근데 여자는 "남자분, 눈치가 너무 없으시더라고요. 시간이 많이 늦어져서 저희 이제 일어날까요? 이 말을 5번 넘게 했는데, 갈 생각을 안 하셔서 좀 피곤했어요. 순수하고 좋은 분 같은데, 또 만날지는 모르겠네요." 남자 A는 소개팅녀가 마음에 들고, 호응도 좋으니까 신이 났던 것 같다. 그러나 소개팅녀는 피곤하게…. 그렇게 미팅 종료.

그 후에 남자가 먼저 연락을 몇 번 했고, 여자가 대답하긴 했지만, 예의를 갖췄을 뿐 대화가 길게 이어지지는 않은 그런 상태였는데, 여성이 내 담당 회원이었기 때문에 내가 여성에게 어필도 많이 했다. "남자가 너무 맘에 들어 하는데 한 번 더 만나보는 거 어떠세요? 혹시 뭐가 마음에 안 들었나요?" 물어봤더니 딱히 마음에 안 들진 않았다고. 사람은 괜찮았는데 뭔가 또 만나긴 부담스럽다고 얘기했다.

그러던 중 남자가 계속 여자의 마음 좀 물어봐달라고 재촉했고, 그래서 "굳이 주선자를 통해서 답을 꼭 들으셔야만 한다면 거절이라고 합니다"라고 말했다. 이렇게 되면 보통 만남은 여기서 끝이다. 소개팅이 잘 안 된 거니까. 하지만 소개팅녀가 너무 맘에 들어서 꼭 잘해보고 싶다는 생각이었다면, 그냥 스무스하게 소개팅녀와 연락하다가 어쩌다가 시간이 되고, 그러다가 이 여성이 동(動)하게 되면 만날 수도 있었던 건데, 꼭 Yes or No를 답해달라고 하면 "No"를 할 수밖에….

그리고 그 대답을 들은 남자 A가 소개팅녀에게 장문의 카톡을 보내서 '혹시나 저 때문에 부담이 되셨다면 그러지 않으셨으면 합니다. 주절주절 장문, 장문….' 뭐, 그런 문자를 또 굳이 보내고, 그렇게 둘은 끝이 났다.

♠

남자는 일단 자신감이 있어야 한다. 물론 싫다는 여자한테 근자감을 부리면 더 싫지만, 그건 하면 안 되는 거고. 지금 상황은 여자가 분명히 이 남자를 싫어하지 않았다. 그럼 그냥 자신감 있게, 가볍게 연락했으면 됐을 텐데, 뭐가 그렇게 진지했을까? 그리고 이게 끝일 줄 알았지…만!! 한 달 뒤쯤 남자 A가 여자 A에게 또 연락했다.

> 남자 A: 잘 지내셨어요? 날씨도 너무 좋고 그냥 생각나서 연락드려봤습니다….
> 여자 A: 앗! 안녕하세요~. 날씨가 너무 좋아서 저는 등산하고 왔어요!

여기서 A군은 A양과 진정한 종지부를 찍었다.

> 남자 A: 시간 되면 한번 봐요. 같이 바다 보러 가자고 하려고 했어요….

썸타는 사이도 아니고, 딱 한 번 만났고, 그 후에 한 달 동안 연락이 아무것도 없었던 사이에 무슨 바다? 바다가 일단 제일 무서운데, 다른 예로는 '맛있는 거 사주겠다', '같이 영화 보러 가자'가 있죠. 누가 밥 사 달래? 영화를 같이 왜 봐? 갑자기⋯⋯. 잠깐 썸이라도 탔던 사이이거나 그래도 둘이 좀 친하다고 할 수 있으면 모르겠지만, 제대로 핑크빛 시작도 한 적 없이 남자가 여자에게 차인 상황인데. 이 여자는 이 남자에게 전혀 관심이 없는 상황이다. 맛있는 걸 왜 같이 먹고 영화를 같이 왜 볼 거라고 생각하지? 바다가 웬 말인가⋯.

자, 그러면 저 경우에 어떻게 하면 됐었냐. 지금 날씨가 너무 좋고 여자 A가 등산을 다녀왔다고 한 상황이다.

> 남자 A: 오~ 저도 등산 좋아하는데, 혹시 다음에 시간 맞으면 제가 짐꾼 해드릴게요. 한번 불러주세요.^^

이렇게 했으면 부담도 없고 깔끔하게 다음에 한 번

더 보고 싶다는 마음도 전달이 됐을 거다. 물론 내가 말한 대로 했더라도 여성이 당장은 먼저 연락이 없겠지. 당연히. 하지만 뭔가 그런 식으로 "이번 주에는 등산 안 하세요?" 이렇게 그냥 한 번씩 보냈다면 그럼 한번 같이 가게 될지 누가 아나. 몇 번 더 가볍게 위트 있게 연락했다면 여자가 부담스럽지 않다면 시간 날 때 같이 밥이라도 한번 먹었을 거다.

여자는 남자처럼 단순하지 않고 감정이 많기 때문에 '싫지 않은 남자'가 친절하게, 부담스럽지 않게 호감의 메시지를 계속 던지면, 어느 순간에 콕! 걸려들 때가 있다. 열 번 찍어 안 넘어가는 나무 없다는 말은 여기서 나온 거다. 주의사항은 '싫은 남자'는 뭘 해도 싫다. 백번 찍어 봐라. 그거 말고 여자로서는 '싫지 않은 남자'라면 방법만 제대로 하면 무조건 그 여자 넘길 수 있다.

남자들! 내가 마음에 들어 하는 여자가 나에게 정확하게 거절 표시를 두 번 이상 했다면 거기서 놓아줘야 한다. 혼자도 사랑하지 마. 절대 너한테 안 가. 그러나 나를 싫어하지 않는 여자라면 다 넘길 수 있다! "뭐해? 날씨 좋다~." 이렇게 시작해서 좀 티키타카 대화하다가 "오늘 하루 즐겁게 보내~." 쿨하게 이런 식으로 한 번씩 연락하다가 시간이 맞으면 만나면 된다.

　여기서 최악은 느끼함과 진지함이다. 느끼함 걷어내고, 진지모드 끄고. 단기간에 어떻게 쇼부 보려고 하지 말고 마음의 여유를 가지고. 자신감, 친절함, 배려 그리고 가벼운 마음으로 계속 추파를 던져보자! 화이팅!

4

남자 소개팅 필승 성공법

지금부터는 '나, 나름 괜찮은데…, 센스가 좀 떨어지는 것 같다!' 이런 남자들에게 중수에서 고수가 될 수 있는 그 한 끗 차이를 알려주려고 한다. 패션부터 여러 가지 전반적으로 기초공사부터 해야 하는 상황에 해당하는 게 아니다. 그 한 끗 차이를 보충해서 아쉽지 않게 성공적인 소개팅을 만들어보자!

일단 소개팅하기 전, 소개팅 중, 그리고 소개팅 그 후, 이렇게 3단계로 나뉜다.

첫 번째, 소개팅하기 전 단계. 블라인드 소개팅, 이런 건 해당하지 않는다. 누구인지도 모르고 만나는 소개팅도 가끔 새로울 수 있겠지만, 그건 신선한 경험 정도로 가볍게 만나면 되는 거고, 지금 말할 내용은 꼭 내 마음에 드는 여성과 소개팅을 할 때 실행하는 방법이다.

자, 정말 내 마음에 쏙 드는 사람과 소개팅이 잡힌 당신. 남자도 마찬가지겠지만, 여자에게 남자의 첫인상은 평생 그 남자의 모습으로 기억된다. 화가 났을 때도, 좋을 때도, 처음 그를 보았을 때 그 모습은 잊히지 않기 때문에 첫인상이 그만큼 중요하다. 머리부터 발끝까지 티 안 나게 꾸며야 한다. 만약 본인 차가 좋다면 은근슬쩍 키를 보여주며 어필 아닌 어필을 해도 되지만, 아무리 좋은 차를 타고 다닌다고 해도 대놓고 보여주려고 하면 우스워진다.

명품은 누구나 알 만한 거 하나 정도는 사실 있으면 좋긴 하다. 된장녀 이런 것과 상관없이 명품 옷 하나 정도 있으면 옷을 못 입더라도 옷을 잘 입었다는 착각을 하게 만들 수 있기 때문이다. 말은 아니라고 해도 그냥 저절로 눈에 들어오게 마련이다. 아무것도 하지 않았는데 그냥 티셔츠 하나 깔끔하게 좋은 거 입고 나와도 '스타일 좀 있네.' 이렇게 생각하게 된다. 뭐, 에르메스, 구찌, 여기까지도 갈 필요 없고, 닐바렛, 아미 같은 이쁜 브랜드 있잖아요. 이런 어느 정도 고가의 옷을 잘 입는 남자들이 입는 브랜드의 그런 티셔츠 한 장, 그리고 향이 정말 중요한데, 이건 정말 개인의 취향 영역이긴 한데, 아, 모르겠다 하시면 그냥 올리브영 가서 다비도프 쿨워터 나 ck-1 뿌리고 가세요. 스포티한 젊은 남자 느낌 나는 거로.

　그리고 소개팅 전 동선 파악! 카페에서 먼저 보기로 했다면, 그 후에 갈 수 있는 맛집이라던가 2차로 술을 한잔하고 싶다거나, 아니면 뭐, 드라이브하고 싶으면 본인이 익숙하되, 여자들이 좋아할 수밖에 없고 맛있다고 확인된 그런 곳. 추가적으로 술을 먹고 싶다면, 여자가 나랑 관계없이 내가 마음에 굳이 들지 않더라도 한 번쯤 가보고 싶게 만드는 영화 촬영 장소 혹은 인테리어 좋거나 조명이 이쁘다던가 사진 찍고 싶은 곳, 그런 데 좋아. 스토리텔링이 있어야 해요. 누가 왔다거나 극찬했다거나 뭐, 거기 조명이 좋다거나, 거기 어떤 메뉴가 그렇게 맛있다던데. 이렇게 일단 그냥 그 장소에 가고 싶게 만드는 그런 곳, 미리 파악해야 해요.

그리고 소개팅 당일 미용실 가세요. 본인 스스로 머리 잘 만진다고 생각하는 분들 많은데, 그냥 미용실 가세요. 머리 자르고 스타일링 받아야 해요. 여기서 반드시 디자이너 선생님한테 좀 순수하게 '저, 소개팅 가니까 과하지 않게, 제일 예쁘게 해주세요.' 이렇게 말해요. 잘생기게 해달라고 하면 안 돼. 이유는 "이쁘게 해주세요"라고 하면 "멋있게 해야죠." 대부분 이렇게 말해요. 그때 "아…, 제가 안 멋있어서요. 예쁘게 좀 해주세요." 이렇게 말하면 디자이너 선생님이 그날 자기 가지고 있는 에너지 반 이상 나한테 쓸 수 있어. 본인 단점을 반드시 커버해야 해요. 뒤통수가 없다거나 두상이 삐뚤어졌다거나 여하튼 최대한 과하지 않게 꾸미고 준비를 마쳤으면, 손연재 걸음걸이 아시죠? 완전 당당해. 내가 봐도 평소보다 괜찮거든요. 자신감이 탁 실려요.

두 번째, 소개팅 중. 소개팅할 때 무조건 일찍 가세요. 여자는 10명 중 8명은 10분 정도 늦을 거예요. 그래서 더 미안하게, 더 일찍 나가야 해. 20분 정도는 일찍 나와야 해요. 아, 늦어서 죄송해요. 이 말 듣고 시작해야 해요. 부채감. 따라 하세요. 부채감. 부채감 심어놓고 시작합니다.

사실 여성분이 들어오면서 아이 컨택 탁 했을 때 나의 첫인상을 느낄 수 있는데, 내가 마음이 드는지 영 아닌지, 내가 꼬셔서 넘길 수 있을지, 어느 정도 알 수 있는데, 그건 너무 디테일한 거라서 자세히 알려주기 힘드니까 우선은 패스하고. 여하튼 소개팅 중에 전체적으로 리드를 하되, 여성의 말을 잘 들어주세요. 우리 국민 MC 유재석 님을 한번 생각해보세요. 중간중간에 포인트를 잡아서 상대방이 즐겁게 말할 수 있게 그렇게 끌어내야 해요. 그 여자가 하고 싶은 말을 다 할 수 있게 만드는 것. 그리고 호응! 여자한테 공감이 정말 중요한 거 아시죠? 내 말을 잘 들어주고 나를 이해해주는 남자라고 느끼면 그 남자한테 배울 점이 있다고 그렇게 착각해요. 여하튼 그래서 전체적으로 진행을 하되, 잘 들어주는 게 포인트.

"소개팅 자주 하세요?" "전 남친이랑 언제 헤어졌어요?" 아직도 이런 개소리하는 사람 없겠죠? 대화하다 보면 이 여자가 좋아하는 걸 캐치하게 돼요. 반드시 여성이 했던 말은 머릿속에 저장해야 해요. 소개팅 후에 그걸로 연결고리를 만들어야 하니까. 그리고 자연스럽게 식사라던가 술, 혹은 드라이브라던가 이렇게 2차로 이어질 수 있게 해야 하는데, 약간 망설이면서 '아, 네 네…'라고 하면 낫 베드. '아, 아니요.' 이렇게 정색하면 빠이야. 잘 안 된 거.

그리고 이제 원하는 2차 장소에 갔다, 술을 마시게 됐다, 뭐, 이러면 '아, 저 사실 소개팅 두 번 정도 해봤는데, 용기 내서 술 먹자고 한 거예요. 이런 말 한 적, 처음이네요.' 이런 말 해줘요. 본인이 특별하다고 얘기해주는 걸 되게 좋아해요. 너무 티 나게 막 계속 말하지 말고. 그리고 뭔가 나는 바른생활 사나이다, 하는 느낌을 주면서 '아, 벌써 시간이 이렇게 됐네요. 너무 늦게 들어가면 안 되시죠?' 나는 너랑 계속 있고 싶지만, 너는 일찍 들어가야 하니까 얼른 들어가. 이런 식. 그럼 여자는 이 남자가 나한테 매너를 지킨다고 생각해요. 나를 쉽게 보지 않는다, 이런 생각. 더 있고 싶겠지만 여자 호응이 좋아도 12시 전엔 보내줘야 해요. 꼭 다음을 위해서 약간 아쉽게.

세 번째, 소개팅 그 이후. 헤어지자마자 바로 연락하지 말고 집에 가서 씻고 누웠을 때쯤, 아니면 다음 날 점심 때, 뭐, 그쯤에 같이 있으면서 했던 말을 기억하면서, 나는 너에 대해서 기억하고 있어. 만나서 넘넘 즐거웠어. 나에겐 특별한 느낌이 들게 하는 여자였어. 이런 느낌을 주면서 대화를 이어갈 수 있도록 해야죠. 그러면 일단 이 여자가 한 번 더 만나고 싶어요. 그럼 성공이죠.

음, 우선 욕하지 마세요. 내가 정말 마음에 드는 여자를, 나를 또 만나고 싶게 해야 하니까 어떻게든 첫 만남에서 여성을 마음을 사로잡을 수 있을지 그걸 알려주는 얘기라는 거. 즐거운 만남 하고 오세요.

5

여자친구 연락 족쇄 벗어나는 방법

    여자친구가 나에게 연락 족쇄를 채웠다. 이렇게 되면 더 연락하기 싫어진다. 연락 족쇄는 내가 연락하기 싫어도 여자친구가 연락을 원할 경우다. 사실 남자도 여자친구한테 연락하기 싫은 건 아니지만, 내가 하고 싶을 때, 내 의지에 의해서, 내 마음이 동할 때, 그때 하고 싶은 거지.

    우선 족쇄, 구속이라는 생각에서 벗어나야 한다. 내가 나의 자유의지에 의해서 기분 좋게 전화 받고 기분 좋게 전화한다. 이 마인드 셋. 이것만으로도 큰 차이를 가져다준다.

우선 남자친구에게 연락을 요구하는 여자는 첫 번째 유형, 성격이 센 여성이다. 당연하게 나한테 보고해야 한다고 생각하는 경우. 두 번째 유형, 자존감이 낮은 여성이다. "오빠 진짜 변했어." 조금만 내 시간을 가지려고 하면 이런 말을 하고 내가 생각하지도 못한 부분에서 수시로 섭섭해하는 경우. 세 번째 그냥 지가 할 일 없는 경우다. 보통 첫 번째와 세 번째이거나 두 번째와 세 번째가 합쳐진 경우다.

그래서 어떻게 하면 될까? 연락에 집착하는 여자들에게는 1단계 선방 날려야 된다. 아침에 일어나서 "잘 잤어? 오빤 일어났어." 자기 전에 "잘자. 내일 일어나면 연락할게." 이거는 연락에 집착하는 여자들한테는 그저 살아가면서 필요한 공기나 물과 같다. 별로 신경 안 쓰는 여자라고 해도 이거 싫어하는 여성은 없으니까 그냥 하자. 어렵지 않다. 그냥 습관을 들여야 한다. 첫 연락 이후에 말이 길어지니까 그거 때문에 피곤해서 연락 못 하겠다고 하는 사람들 많은데, 내가 먼저 연락하고 내가 마무리는 해야 한다. 잠깐 대화하다가 "준비하고 출근해서 연락할게." 그다음 연락을 기약해 주면서 마무리. 내가 마무리해야 한다.

　2단계 내가 어느 바쁜 날이다. 이런 날은 특히나 먼저 선수 쳐야 한다. "나, 출근했는데, 하, 오늘 진짜 장난 아니네, 스케줄. 나, 오늘 죽어난다. ㅠㅠ" 그럼 약간 조금 주고받고 대화하다가 "중간에 연락할 시간이 안 날 것 같은데 후다닥 끝내고 연락할게. 밥 잘 챙겨 먹고 살아서 돌아올게." 아니면 본인이 별로 안 바쁜 날도 오늘 좀 쉬고 싶다면 이렇게 하면 된다. 여자가 남자친구에게 연락을 안 한다고 섭섭해하는 건, 본인이 생각했을 때 남자친구가 사실은 연락할 수 있는데, 안 한다고 생각하기 때문이다. 여자들이 잘 하는 말, "밥 먹을 시간은 있고 연락할 시간은 없어?" "아무리 바빠도 화장실은 갈 거 아니야." 그건 그거고 그때 잠깐 연락하는 거로 니가 만족을 못 할 거잖아. 남자들 처지에서는 계속 이어서 대화를 이렇게 못 해주니까 우선 다 끝내고 연락하려고 안 하는 건데, 여자들은 그렇게 생각하지 않는다. 어떻게 해서든 연락하려면 연락할 수 있는데, 이렇게 연락을 안 하는 건 관심이 없다고 생각을 해 버리니까 혼자 시나리오를 쓰고 난리친다.

여자는 진짜 안타까운 게, 남자친구가 생각했던 것보다 조금 더 길게 연락이 없으면 심하면 혼자 이별까지 갔다 온다. 근데 남자친구 처지로서는 종일 연락을 해 줄 수도 없다. 일해야 하잖아. 사실 내가 할 일이 없어도 남자분들 본인도 쉬고 싶지. 근데 여자친구는 같이 쉬고 싶어 한다. 먼저 알고, 이건 안고 가야 합니다. 피곤하다. 하지만 어쩌겠나. 아, 도저히 못 견디겠다. 이런 마음이 들어서 지금 만난 여자친구랑 헤어지면 다른 여자 만나도 별 차이가 없다.

안 그런 여자를 만나면 그게 좋은 거지. 대부분은 그렇기 때문에, '아니, 나는 연락 문제에 쿨한 여자 찾을 거야'라고 해도 그런 여자가 없다. 그중에서 또 서로 좋아야 하고 또 본인 스타일도 찾지 않나. 그럼 만날 수 있는 여성이 너무 적어지니까 그것보다 이 문제를 근본적으로 제대로 극복을 한번 해버리면 어떤 여자를 만나도 이 부분은 수월하게 넘어갈 수 있으니 이게 훨씬 좋은 방법이다.

정확하게 말해서 여자는 연락을 안 해서 섭섭한 게 아니다. 나한테 관심이 없는 거 같아서다. 낮에 종일 연락이 없다가도 중간에 "지인아"라고 카톡 보내면 "응, 왜?"라고 하겠지. 그다음 "그냥 생각나서. 나, 오늘 좀 바쁜데 빨리 끝내고 연락할게." 이렇게 보내봐. 절대 안 서운하지. 퇴근 시간까지 연락 안 해도 된다.

일할 때 오늘 졸라 바빠서 내가 연락을 못 할 상황이 되면 무조건 미리 알려라. 바빠서 어쩌다 보니 내가 연락도 안 하고 이렇게 있다 보면 여자친구가 기다리다 기다리다 빡쳐서 연락이 온다. "오빠는 연락도 없어?" "아, 내가 오늘 바빠죽겠는데, 그리고 내가 지금 회사잖아~. 근데 무슨 연락을 해야 해, 대체!" 이렇게 화를 내는 경우가 있는데, 화낼 필요 없다. 이런 상황이 오기 전에 미리 선수 쳐라.

"그럼 퇴근 후는요?" "저는 친구도 만나고 싶고 집에서 좀 쉬고 싶어요." 그래. 내가 지금 롤을 하고 영혼의 한타 중인데, 이때 연락이 오면, "여보세~어~어어." 이러겠지. 그냥 게임 하게 두면 기분 좋게 연락할 거고

져도 어차피 게임 끝났기 때문에 연락할 텐데. 알아서 냅두면 혼자 찔려서 연락할 텐데…. 그치? 하지만 그걸 바라는 건 지금 무리다. 그럼 어떻게 하면 되냐면, 퇴근 후에는 본인의 패턴이 일정해야 한다. 만약 남자친구가 변호사인데, 재판 중인 걸 아는 여자가 연락 안 했다고 뭐라고 할까? 만약 남자친구가 의사인데 수술 중인 걸 아는 여자가 연락을 안 했다고 뭐라고 할까? 그런 여자는 이런 노력을 할 필요도 없다. 헤어져라.

낮에는 앞에서 말한 대로 선수 쳐서 연락하고 저녁에는 본인의 패턴을 만들어라. 집에 가면 아무것도 안 하고 유튜브 보거나 SNS 하는 거 뻔히 아는데, 그럼 당연히 '이 인간은 아무것도 안 하고 있으면서 연락도 안 한다.' 이렇게 생각할 수 있다. 이건 여자친구의 연락 문제를 해결하기 위해서이기도 하지만, 본인 스스로 저녁 시간에 무언가를 하면 좋다. 책을 읽거나 운동을 하거나. 만약 여자친구가 게임 하는 걸 정말 싫어하는데 게임을 하고 싶다면 게임을 할 때 적당히 좀 둘러대라. 뻔히 들킬 거짓말이 아니라면 약간의 뻥을 쳐도 된다. 여자친구가 내가 아무것도 안 하는데 내 생각도 안 한다고 생각하지만 않게 만들어라. 남자친구가 정확하게 발전적인 어떤 일을 하고 있다는 걸 알려주면서 이런 패턴에 여자친구를 조금씩 길들여야 한다. 그래도 징징거리는 여자는 답이 없다.

결론은 여자는 관심과 확신을 받고 싶기 때문에 남자친구와 끊임없이 연락하고 싶은 거니까 진심으로 관심을 가져주고, 내가 지금 연락을 안 하는 건 너한테 관심이 없어서가 아니라는 느낌만 잘 전달하고, 다음 연락의 시점을 미리 알려주면서 확신을 줘야 한다. 그리고 처음에 말했던 마인드 셋도 잊지 말고. 이렇게 하다 보면 한 번에 확 바뀔 순 없겠지만, 그래도 이 관계 자체에 대해서 남자친구 본인도 좀 더 새롭게 다시 느껴질 수 있다. 건투를 빈다.

6

나를 좋아하는 여자,
나를 싫어하는 여자 구분하는 방법

　여러분, 그거 아세요? 여자가 남자보다 사랑 앞에서
는 더욱 단순하다는 거? 연애 초반이거나 썸을 타거나
사귀기 전인데, 이 여자가 나를 진짜 좋아하는 건지,
아니면 약간 호감 정도 있는 건지, 완전히 나를 싫어하
는 여자인지 알려준다. 남자와 여자가 다른 이유는 일
부 어장관리녀를 제외하고 여자는 호감도 없는 남자한
테는 친구 사이로 선을 딱 긋는다. 그 이상은 아니라는
걸 느낄 수 있도록 제대로 알려준다.

나를 진짜로 좋아하는 여자들의 특징은 이미 눈빛에서 티가 다 난다. 좋아하는 남자를 볼 때 숨길 수가 없다. 눈으로 말을 하고 있다. '나, 너 좋아해 뿅뿅!' 길을 걸을 때도, 밥을 먹을 때도, 연락이 올 때도, 사랑, 사랑, 사랑이 다 느껴진다. 그냥 좋다. 그 사람 얘기만 해도 좋다.

예전에 친구들이 나를 웃게 만드는 게 되게 쉽다고 했었는데, 내가 좋아하는 사람의 이름만 말하면 그냥 가만히 있다가도 웃는단다. 그렇게 된다. 그리고 조금 과감해진다. 본인이 생각하는 선을 쉽게 깬다. 그 남자를 사랑한다면 정말 소신이 있는 여자라도 사랑하는 사람 앞에서는 무너지기 때문이다.

하지만 여자가 아직 나에게 그냥 호감 정도 있거나 확신이 필요한 단계라면 지킬 거 다 지킨다. 본인 약속, 본인 일, 친구, 친구의 친구와 약속까지도 다 지킨다. 다른 게 더 중요하지. 아직 이것만 보더라도 사랑하는 것과 나에게 호감 정도 있는 것은 확연히 구분할 수 있다.

그리고 남자도 촉이 있으니 느낄 수 있다. 다 안다. 이 정도는 '날 좋아하는 건가?' 이렇게 애매하지 않다.

누가 봐도 티가 나고 본인도 느낄 수 있다. 그래도 나에게 호감이 있는 건가, 없는 건가 애매하고 사귀기 전, 썸타기 전에 내가 들이대도 되는 건지 궁금하다면 나를 좋아하는 여자를 알아보자.

여자는 호감 가는 남자에게 어떤 행동을 하냐면, 첫째, 여러 명이 모여 있더라도 무조건 좋아하는 남자 근처로 간다. 사람 많고 들어가는 순서, 이런 거 상관없다. 아무리 사람이 많아도 굳이 그 옆자리를 사수한다던가, 그 사람이 앉을 수밖에 없는 그 옆자리에 이미 앉아 있다. 이미 앉았다. 그냥 내 자리다. 근데 내가 좋아한 남자 옆자리를 사수하지 못했을 때는 앞에 앉는다. 어떻게서든 옆자리에 앉게 되어 있다.

둘째, 여자들 대부분은 내가 좋아하는 남자한테 먼저 연락을 한다거나 좋아하는 티를 내지 않으려고 노력한다. 왜냐면 너무 티 나면 쉬워 보일까 봐. 이미 다 티가 나는데도 숨기려고 한다. 그치만 그런 여성에게 좋아하는 남자가 먼저 연락이 오면 본인은 천천히 보낸다고 생각하겠지만 이 여자 나를 좋아하는데, 하는 생각이

들 수밖에 없게 바로 답장이 온다. 그건 남자들이랑 비슷하다.

셋째, 좋아하는 남자가 가는 자리에 무조건 참석한다. 어떻게 알고 오는지 신기할 정도로 내가 좋아하는 남자가 갈 거 같은 모임에는 다 간다. 무조건 이미 다 나와 있다. 친구들끼리 어디 가기로 했더라도 꼭 그 남자를 부른다던가 무조건 어딜 가든 같이 갈 수밖에 없게, 그렇게 상황을 또 만든다.

내가 그랬다. 다 내가 했던 행동이다. 근데 10대, 20대 때는 친구들이 같이 활동을 할 거리가 많지만, 30대에는 주변에 엮여 있는 지인들이 없고 같은 회사 동료가 아니고서야 여러 명이 만날 일이 잘 없다. 그런 경우에는 카톡으로 확인할 수가 있다. 그 여성분이랑 대화한 카톡 내용을 한번 쭉 봐라. 전부 "ㅋㅋㅋㅋㅋㅋ"다. 좋아죽는다. 별 아무 의미 없는 대화에도 재미있다. 내가 평소에 그렇게 재미있는 사람이 아닌데, 그 여자가 그냥 내가 말 만했는데 빵빵 터진다면 어느 정도 확인할 수 있다. 좋으니까 재미있는 거다. 일부러 웃어주는 게 아니라 리액션이 저절로 좋아진다. 좋으니까 무슨 말 만해도 재미있다.

근데 친구들은 대화할 때도 그럴 수도 있으니까 요것도 약간 애매하다면 여자들은 좋아하는 남자가 생기면 챙겨주고 싶어 한다. 모성애가 저절로 발동되지. 일부 좋은 여자처럼 보이고 싶어 하는 여성들이 이런 행동을 할 수도 있는데, 이 여자가 뭔가 약소하게나마 나를 위해서 작은 선물을 한다거나 나한테만 뭔가 특별하게 챙겨주는 뭔가가 있을 거다. 좋아하면 이렇게 된다. 나는 거의 병적인 수준으로 뭘 그렇게 사주고 싶었다. 그렇게 챙겨주고 싶은 게 많았다. 그래서 10대, 20대는 내가 나가는 어떤 모임에 항상 그 여자가 와 있고 늘 내 옆이나 앞에 앉는다면 이건 100%다.

그리고 이 여성과 하는 대화 메신저나 카톡을 보면 내가 별말 하지 않는데 엄청 좋아하고, 재미있어하고 다른 사람한테는 그러지 않는데 나한테만 뭔가 특별히 애정이 담긴 선물을 준다거나 나를 챙겨주는 게 느껴진다면 이 여자는 그 남자한테 호감을 느끼고 있다.

이번엔 나를 싫어하는 여자를 알아보자. 나를 싫어하는 여성은 어떤 행동을 하는지 궁금해하는 사람들이 많다. 이건 좀 쉬울 수 있는데, 사실 내가 엮여 있는 관계가 없다면 확실하게 티를 낸다. 평소에 대시를 좀 받는 여성들은 어쨌든 평균 이상의 외모를 가지고 있겠지. 그럼 일단 그런 여성들은 다른 남자에게 대시를 몇 번은 받아 봤겠지. 적어도 그렇다면 싫어하는 남성에게는 대놓고 정색을 한다. 근데 가끔 정색을 하는데도 "에이, 까칠하게 왜 이래. 성격 까칠해서는~." 이렇게 능글맞게 대하는 사람들도 있는데, 진짜 싫어서 그런 거다. 아무리 성격이 까칠한 여성이라도 대놓고 정색을 그렇게 몇 번씩이나 하진 않는다.

근데 관계가 좀 엮여 있는 사이라면 좀 다를 수 있다. 회사에서 얼굴을 봐야 한다거나 아니면 학교 선후배라던가 주변 관계가 엮여 있을 때는 대놓고 정색을 하진 못해도 분명하게 표현한다. 정중하게라도 핑계 아닌 완곡한 거절을 두 번 이상 당했다면 그 여성분한텐 더는 들이대면 안 된다. 남자로서 같이 무언가를 하고 싶지는 않다는 마음이기 때문에 더는 그 여성에게 접근하면 무서워한다. 이건 사귀는 경우는 아니다. 사귈 때는 남자친구한테 짜증 나면 가끔 정색하고 할 수도 있지만 아무 사이도 아닌 남자에게 정색하고 완곡한 거절을 두 번, 세 번 한다는 건 그 남자가 싫다는 거다.

남자와 여자의 차이가 있는 게, 남자들은 내가 관심이 없는 여자라도 나를 좋아해주면 나름대로 즐거운 일이라고 생각한다. 근데 여자는 아니다. 내가 전혀 앞으로도 발전 가능성이 없는 남자가 나를 이성으로 좋아하면 싫어한다. 쉽게 예를 들면, 남자는 길을 가다가 정말 아니라고 생각하는 여성에게 헌팅을 당하면 그 여성의 컨디션이랑 크게 상관없이 즐거워한다. 되게 재밌어하지. 근데 여자는 본인이 생각했을 때 전혀 아닌 사람한테 헌팅을 당하면 기분 나빠한다. '아니, 지금 나한테 번호를 물어본다는 건 아주 약간의 가능성이라도 있다고 생각을 하는 건가? 아, 진짜 날 뭐로 보고.' 이렇게 말이다. 아주 다르다.

결론은, 아무 사이도 아닌데 나한테 정색하고 정중하더라도 완곡하게 전혀 아니라는 거절의 표현을 두 번 이상 당했다면, 더는 그분한테 들이대지 말고 미련 없이 놔주자. 다른 여자 찾으면 된다. 세상에 여자가 얼마나 많은데, 내가 싫다는 여성한테 굳이 그럴 필요 없다. 좀 질질 오래 끌지 말고 "나, 싫어?" "나도 싫어!"

해버려라. 나를 진짜 좋아하는 여자와 나를 싫어하는 여자를 확실하게 구분해서 제대로 다가가자.

7

여자친구 화 풀어주는 법
– 그래도 일단 풀어줍시다

여자친구가 화가 났다. 여자친구 화 풀어주는 방법은 화가 얼마나 났느냐에 따라서 다르다. 일단 여자친구가 화가 났을 때 실컷 잘 풀어주다가도 말 한마디 잘못해서 도루묵은 고사하고 돌이킬 수 없는 지경으로 갈 수도 있다. 그래서 화를 풀어주는 과정에서 절대 하면 안 되는 것부터 먼저 알아보고 해결 방법을 알려주겠다.

절대 하면 안 되는 것만 안 하면서 진심으로 사과하면 사실 화는 그냥 풀린다. 잘 들어라. 남자들은 여자친구가 화가 나면 뭐 때문인지 알까? 보통 모른다. "아, 왜 또 지랄이야." 이렇지. 아니야? 정말 크게 한 실수 말고, 대체 저게 왜 또 저러는지 모르겠을 때 하면 안 되는 것을 알려주겠다.

첫째, "아, 왜, 왜 또 그러는데. 무엇 때문에? 말을 해야 알지. 대체 왜 그러는데?" 이 말은 하지 마라. 절대 안 알려줄 거니까. 보통 원인 파악을 먼저 해야 할 것 같겠지만, 물어보면 어지간히 잘 알려주겠다. 화났는데, 당장 그것부터 묻지 말자. 묻는 건 우선순위가 아니다.

둘째, "한숨 쉬지 마. 내가 화나는데 왜 니가 한숨을 쉬어?" 미친 거지. 내가 이렇게 하는 건 설명을 하는 과정에서 이게 여자의 속마음이라는 거다. 황당하겠지만 일단 지켜봐라.

셋째, "미안해. 내가 잘못했어. 진짜 미안." 이 성의 없는 미안과 잘못했다는 말의 시작. 그럼 이제 제일 징글징글한 그 답이 돌아온다. "뭐가 미안한데?" "니가 뭘 잘못했는데?"

넷째, "미안한데, 나도 그럴 수밖에 없었어." 이유를 줄줄줄줄. 변명 주저리. 아, 미안. 미안한데 솔직히 너는 안 그러냐? 물귀신 작전. 하면 안 되지. 뭐, 그건 그거고 지금 그 얘기가 아니잖아. 지금 갑자기 그리고 그 얘기, 왜 하는데?

다섯째, "그래, 내가 그랬다. 왜? 뭐!" 뻔돌이 작전. 이 말은 절대 하면 안 된다. 우선 지금은 싸워서 이기는 게 중요한 게 아니라, 일단 여자친구의 화를 풀어주는 게 최우선이라는 걸 반드시 기본 명제로 깔고 가야 한다. 내가 잘못을 하긴 했지만, 아니면 잘못이라고 생각하지도 않으면서 그럴 수밖에 없었던 해명이나, 솔직히 니가 더 잘못했니 마니 하는 사실에 입각한 잘잘못을 따지는 건 그녀의 화가 풀리고 난 후에 그때 하는 거다. 지금은 그냥 더 화만 돋울 뿐이다. 남자 말이 더 맞더라도 그게 뭐든 일단 지금은 화부터 풀어줘야 한다.

위 5가지 사항은 절대 중간에 어떤 상황이 와도 하면 안 된다. 이제 진짜 여자친구 화 풀어주는 방법을 알려줄게. 순서를 반드시 지켜야 한다.

1단계. 수그리기. 쭈구리 모드가 되어야 한다. 사과는 입으로 하는 게 아니라 태도로 하는 거다. 솔직히 내가 진짜 뭘 잘못했는지 도저히 모르겠고, 내가 잘못한 것도 없는 것 같은 마음이 막 올라와도 그건 일단 접어두고 지금은 여자친구 마음부터 풀어주는 거, 그게 먼저다. 진심으로 반성하면 제일 좋은데, 그게 도저히 안 되겠다 싶으면 스스로 최면을 걸어라. '다 내가 잘못했다.' 뭐 때문에 여자친구가 화가 났는지 안다면 "화나게 해서 미안. 진짜 미안." 근데, 뭐 때문인지 모르겠다면 그래도 일단 "미안. 혹시 뭐 때문인지 알려주면 안 될까?" 이렇게 쭈굴하면서 물어봐야 한다. 하지만 바로 말해주지 않겠지. "아 됐어." 이렇게 말할 거다. 그때 더 확 수그려야 해 '쭈굴⋯.' 그냥 손을 잡을 수 있으면 손을 잡고 "미안해⋯. 진짜 미안해⋯. 미안⋯. 뭐 때문에 화난 거야?" "아, 됐어⋯. 그런 거 없다니까!" "알았어. 화내지 마. 화내지 마. 진짜 미안해. 대신에 기분 풀리면 꼭 말해줘." 그 이유를 알아내라는 게 아니라 최대한 내가 진짜 네가 뭐 때문에 그런지를 난 모르지만 너를 화나게 한 그 자체가 미안하다는 걸 알려야 된다.

'아⋯, 이제 그만 좀 하지⋯.' 이런 마음이 단전에서 올라올 때 그때 또 말해야 한다. "기분 풀어. 미안해⋯." 솔직히 이것만 제대로 해도 대부분 다 풀린다. 이렇게 못해서 그렇지. 이렇게 잘 하다가, "아, 미안하다고 했잖아. 너, 대체 언제까지 그럴 거야?" 이러면 그냥 망하는 거고⋯.

사과를 충분히 했는데도 아직 안 풀렸다면, 2단계. 쭈글해가지고 미안하다고 계속하다 보면 뭔가 여자친구의 기분이 쪼끔은 풀어진 것 같은 마음이 들 때가 올 거다. 그때는 애교를 부려라. "미안. 내가 진짜 잘못했엉." 잡아. 잡고 앵겨붙어야 한다. 애교는 이럴 때 써야 한다. 처음부터 달라붙으면 진짜 더 짜증 나게 할 수 있다. '진짜 미쳤나 이게⋯.' 화를 풀어주는 방법. 끝까지 미안하다고 한다. 끝까지. 올라올 때 마지막으로 누르고 또 누르고. "미안." 이게 나중에 기분이 풀리면 개념이 있는 친구라면서 고마워할 수 있다. 솔직히 그렇게까지 화낼 필요 없었다는 걸 본인도 안다. 처음부터 애교를 부리거나 스킨십을 하면서 풀려고 하는 행동은 가벼운 잘못일 때는 어느 정도 가능하다. 약속 시각에 조금 늦었다던가 여자친구가 배고픈데 내가 맛있는 곳을 못 찾고 있다던가.

이도 저도 다했는데 끝까지 화가 안 풀렸다면 대체 얼마나 큰 잘못을 했는지 모르겠지만, 그런 상황에서는 편지 써라. 그러면 무조건 풀린다. 편지를 내 진심을 담아 썼는데 답이 없다고? 당장 답이 없을 수 있다. 근데 그건 무조건 풀린다. 무조건이다. 그리고 그 편지의 내용에는, 일단 시작은 '무조건 정말 잘못했다. 미안하다. 너의 기분을 망쳐서. 이때까지 했던 그 모든 행동… 하면서 내가 진짜 죽일 놈이다. 정말 내가 너한테 그러면 안 됐었는데, 줄줄줄, 나불나불나불…. 다신 그러지 않겠다. 미안, 너무 미안해. 그리고 너무너무 사랑해.' 그럼 풀린다. 사과는 태도가 전부다.

그러고 나서 여자친구 기분이 좀 풀리면 "근데 너두

그렇잖아. 앞으로 너도 그르지 마." 애교로 상대방한테 덮어씌우고 싶을 때는 애교로 슬쩍 덮어씌워야 한다. 확 갖다 부어버리면 난리 나. 그리고 전화로 싸우게 되면 만나러 가고 싶지 않고, 피하고 싶고, 전화 꺼버리고 싶겠지만 그렇게 하면 안 된다. 그건 진짜 헤어지고 싶을 때 그렇게 하는 거고. 아님, 솔직히 여자 길들이고 싶으면 전화 꺼버리고 며칠 동안 잠수 타고 해도 되는데, 솔직히 그 사이가 얼마나 오래 갈지 모르겠다. 그렇게 하면 일단 여자친구가 마음에 상처를 받게 된다. 내가 사랑하는 사람에게 상처 줘서 뭐하나. 밖에서도 상처 많이 받을 일이 많은데, 내가 상처 줄 순 없잖나.

무조건 만나러 가라. 싫어도 만나러 가서 앞에서 말했던 그런 사항들을 그대로 하면 풀리게 되어 있다. 그리고 안아줘라. 미안하다고 하고 싸우지 말고 잘못 좀 하지 말자! 굳이 내가 쭈굴이를 왜 해야 하나. 잘못하지 마라. 그리고 여자는 아직 남자를 좋아한다면 너무 난리 치지 말고. 왜 그런지 나도 알지만 내가 빨리 풀어주면 이 남자가 다음에 또 그럴 거다, 하고 생각하는데 그럴 사람은 그냥 계속 그런다.

사실 적당히 화는 풀렸는데 지금 어떻게 해야 할지 모르겠다면, "알겠어. 그럼 그러지 마." 이렇게 그냥 끝내버리면 된다. "아, 됐어. 그래서 뭐 먹으러 갈 거야?" 이렇게 끝내버리면 된다고. 조금이라도 남자친구한테 여지를 줘야 한다. 좀 그래야 남자도 다가올 수가 있다. 여지도 안 주면서 어떻게 해달라고 하는 바라는 것은 그건 진짜 너무 가혹하다. 그럼 남자는 그렇게 여지가 보이자마자 바로 엉겨 붙어서 애교부리면 된다. 그럼 다 풀린다.

8

재회하는 법

재회하는 방법, 이제 다시는 헤어지지 않기를 바란다. 재회하는 방법은 재회를 원하는 사람이 남자인지, 여자인지에 따라서 차이가 조금 있다. 전 여자친구를 못 잊고 있는 당신에게 사실 남자들 사이에서 스킨십 얘기를 할 때 가장 쉽게 접근할 수 있는 사람이 전 여자친구라고 말하는 건 이미 알고 있다. 근데 그건 사랑에 목매는 20대 초반이나 해당하는 거고 쓸데없는 자신감은 가지지 말자.

재회를 원한다면 다시 만나게 되었을 때 그 사람 단점까지도 다 안고 갈 수 있는지 몇 번을 생각하고, 꼭 그녀를 다시 만나서 정말 잘해주고 싶은 확신이 들었다는 전제하에 우선 그녀에게 갑자기 연락하지 말자. 물론 상대방도 아직 본인을 잊지 못하고 있는 상태라면 전화를 받아주긴 하겠지. 못 볼 꼴 다 보고 헤어졌거나 벌써 딴 사람이 생긴 게 아니라면 솔직한 마음으로 연락을 기다리고 있었을 수도 있다. 그래도 갑자기 연락하면 안 된다.

사람 마음이란 게 진짜 나도 그리워하고 있었으면서도 상대방이 나를 아쉬워한다는 걸 알게 되면 내가 가졌던 그리움이 반감된다. 희한하다. 그렇기 때문에 우선 주변에 엮인 지인이 있는 경우는 뭐, 친구나 친구의 친구까지 다 동원해서 그녀의 상태를 일단 확인을 해야 한다. 뭔가 전 여친의 SNS를 꼼꼼하게 보고 특히 새 애인의 유무를 가장 먼저 확인하자.

새 남친이 생긴 게 아니라면 우연을 가장해서 그녀가 오는 지인들의 만남을 만들어서 나가 봐야지. 그때는 가장 멋지게 가야 한다. 당신이 상상했던 그 찌질이는 잊어라. 유튜브에 많은 헌팅 성공법, 여자 꼬시는 방법 등 많은 영상을 다 참고해서 모임 장소에 가라. 그리고 자리는 그녀의 시선이 자주 머무는 바로 앞이나 옆은 안 된다. 약간 대각선 정도의 자리에 앉아서 우수에 차 있고 약간 센치해 보이지만 분위기 있는 그 정도의 콘셉트를 유지하자. 그녀의 시선이 계속 머물 수 있는 그런 자리에서 그 뭔가 모를 슬픔과 분위기를 내면서 앉아 있어라. 그리고 주변 지인들한테 꼭 미리 요청해야 한다. 있는 장점, 없는 장점 다 정리해서 계속 툭툭 친구들 사이에서 계속 그런 얘기가 한 번씩 나올 수 있도록 말이다. 너무 몰아주는 분위기 말고. 그러면 그녀는 갑자기 뜻 모를 감정을 가지게 된다.

1단계 성공! 뭔가 멋있어진 것 같기도 하고 당연히 네가 준비해서 나왔으니까 좀 달라진 것 같기도 하고. 그치만 그날은 그날로 넘어가라. 확률적으로 여기서 20% 정도의 여자가 먼저 연락을 해온다. 하지만 연락 오지 않는 80%를 위해서 다음 단계로 넘어가자. 20%에 포함되는 먼저 연락을 받으신 분들도 끝까지 긴장해라. 끝날 때까지 끝난 게 아니다. 이제 1번 만났으니까. 그럼 그녀에게 슬쩍 연락해봐도 된다. 연락의 끈이 닿았다면 이제 그때부터는 그녀의 얘기를 많이 들어주고 그녀가 싫어했던 행동들을 계속 의식하면서 '아, 맞다. 너, 이런 거 싫어했지.' 이렇게 아직도 내가 너에 대한 걸 다 기억하고 있다는 느낌을 줘야 한다. 그러면서 한때 우리가 즐거웠을 때 그때 얘기를 툭툭 던져라. 그럼 그냥 뭔가 모르게 달라지면서 노력하고 있는 그런 남자의 모습과 예전에 즐거웠던 그때의 모습이 떠오르면서 이 남자, 좀 멋있어진 것 같은 생각을 하게 된다.

2단계 성공! 예전에도 좋아해서 만났기 때문에 더 멋있어졌다는 생각이 드는 순간 사실 게임 끝이다. 여기까지 오느라 수고 많았다.

이제 대망의 3단계! 진심 표현만 남았다. 이건 좀 약간 진지해도 된다. 몇 번을 고민했던 순간들. 다시 만나서 사랑하고 싶은 이유들. 왜 너여야만 하는지 진심으로 다가가 봐라. 그녀도 두 번 다시 이 남자를 잃고 싶지 않아서 더 조심스럽게 다가올 수 있다. 깨진 그릇은

붙이는 게 아니라 새로 만들어야 한다. 3단계까지 완료했다면, 이제 새로운 그릇을 만들어서 다시 시작하면 된다.

1단계는 20대들은 어느 정도 쉽다. 주변에 엮인 지인들이 많기 때문이다. 근데 주변에 엮인 지인이 아예 없는 30대 이후는 좀 어려울 수도 있다. 그럴 때는 일단 알짱거려야 한다. 눈에 자주 띄어야 한다. 카톡 사진을 바꾸면 좋지만 그렇다고 매일 바꾸면 안 된다. 전 여자친구가 SNS 하는 사람이라면 나도 사진 올려라. 분명히 한 번쯤은 내 계정을 봤을 거다. 분명히. 너무 행복하게 사는 모습은 안 되고, 그렇다고 진짜 힘들어하는 그런 찌질이 모습도 안 된다. 그냥 찌질해 보일 수 있으므로. 그냥 너 없이 나의 일상은 무언가를 하며 살고 있다는 그 느낌 정도로 딱 거기까지만 해라. 이렇게 한 2~3주 하다 보면 여자도 어느 정도 반응이 온다. 내가 느낄 수 있다. 연락이 온다는 게 아니라 그녀의 카톡 사진도 뭔가 약간 생기있게 바뀐다던가 SNS에서 올라오는 것도 약간 뭔가 의미가 있는 것 같은 그런 느낌의 사진과 글을 올린다든가 하는 것 말이다.

그럼 이때 곧 타이밍을 잡아서 연락을 해야지. '머

해?' '자니?' 안 된다. '미안해'라고 보내세요. 그럼 '뭐가?' 이렇게 답이 올 꺼야. 여기서 답이 안 온다면 나한테 관심 전혀 없는 거다. 이거는 좀 어려운 상황이다. 이렇게 답이 오면 분위기 봐서 3단계로 바로 나가도 되고, 아니면 너무 길지 않게 조금만 대화를 하다가 다시 한번 만나는 날짜를 잡았다면 앞에서 말했던 2단계부터 진행하면 재회할 수 있다.

근데 다시 한번 말하지만, 재회는 꼭 재회하기 전 가슴 깊이 진짜 내가 바뀔 수 있는 확신이 들었을 때만 해야 한다. 다시 잘 만나서 예쁘게 연애하시기를 바란다.

9

어리고 예쁜 여자 만나는 방법

일단 시작하기 전에, 나는 나이 차이가 크게 나는 커플에 대해서 나쁘게 생각하지 않는다. 실제 나이보다 얼굴 나이나 신체 나이로 나이를 보기 때문에 물리적 나이는 크게 신경 쓰지 않는 주의니까. 지금부터 하는 말을 오해하지 말자.

상담하다 보면, 남자 중에 나이 차이가 크게 나는 여성을 만나고 싶다는 사람이 있다. 본인이 30대 후반, 40대 초반인데, 무조건 20대가 좋다고 하는 분들이 있다. 이해는 한다. 나도 20대 여자가 좋거든. 뭔가 20대 여자는 풋풋하고 그들만의 그런 매력이 있다. 그래서 충분히 이해는 하지만, 현실적으로 결혼을 생각하고 누군가를 만난다고 한다면 이게 대중적으로 일반적인 이상형 범주 안에 들어가는 건 아니다. 그렇기 때문에 10살 차이 그 이상의 나이 차이를 두고 여성을 만나고 싶다고 한다는 건 본인의 이상형이 굉장히 높다는 걸 먼저 인지해야 한다.

상대방 처지에서 생각해본다고 해도 20대 여성이 본인 또래나 나이 차이가 몇 살 나지 않는 남자를 만나지 않고 나이 차이가 크게 나는 30대에서 50대 가까이 되는 그런 남성을 만나는 게, 비정상까지는 아니지만 일반적으로 흔한 일은 아니다. 때에 따라서 차이가 있겠지만, 나는 부모님 나이 차이가 크게 나서 나이 차이에 대한 거부감은 없다고 하는 경우나 든든하고 내가 의지할 수 있는 아빠 같은 남자가 좋다고 또래 남자들은 좀 애같이 보는 경우, 그리고 얼굴 나이 신체 나이가 중요해서 물리적 나이는 전혀 상관없다는 편이다.

아무튼, 이런 경우들도 있으므로 10살 이상 차이 나

는 여성을 만나겠다는 게 불가능한 일은 아니다. 결혼은 잠깐 살고 끝나는 게 아니다. 평생 함께할 인생의 동반자와 만나는 게 결혼이다. 무작정 어린 여성이랑 결혼하는 것도 좋지만, 그 어린 여성도 결혼을 해서 살다 보면 나이가 들 텐데 그때 되면 어떡할 건가? 내 배우자와의 사랑, 정, 이런 거로 사는 거지, 외모와 나이만으로 결혼 상대를 찾는 건 불행을 자초하는 거다.

근데 솔직히 만약 내가 남자였다면, 30대 후반, 40대 초반에 20대 후반 정도의 여성이랑 결혼하고 싶을 것 같긴 하다. 그 이유는 나이 차이가 좀 많이 나게 되면 어떤 행동을 해도 좀 틱틱거리고 해도 귀여워 보이고 그럼 좀 예뻐 보일 것 같기 때문이다. 물론 능력과 외모가 된다는 가정하에. 그래서 단순히 뭐라고 하는 게 아니다. 내가 져주고 싶고 예뻐하면서 살고 싶어서 그래서 나이 차이를 좀 보고 싶다는 개념이 아니라 그냥 20대, 오직 20대 여성만 찾는 분. '20대는 피부가 달라요.' 뭐, 이런 말 하는 사람도 본 적은 있는데, 정상이 아니다. "일반적이지 않으시네요"라고 했더니 본인은 여태까지 그렇게 만나왔대요. 그래서 그럼 결혼상대도 거기 가서 찾으시라고 했어요. 여태까지 만나왔던 곳에서.

어린 여성과 결혼하고 싶다고 생각하시는 분들이라면 일단 본인도 우선 거울을 좀 보고 나도 거기에 맞는 관리를 하고 당연히 능력도 갖춘 후에 어리고 예쁜 여성만 찾는다고 해야 한다. 간혹 능력만 있으면서 어리고 예쁜 여성 찾는 분들도 있는데, 상대방 처지에서 생각을 좀 못하나? 내가 능력이 있다고 한들 외모가 핵아저씨면 어리고 예쁜 여성이 왜 본인을 만나겠나? 마치 이건 여성분이 정말 얼토당토않은 프로필로 '전 무조건 전문직만 만나고 싶어요.' '나이 차이 별로 안 나고 키 큰 전문직. 무조건 그런 사람만 만나고 싶어요'라고 하는 것과 별반 차이가 없다. 오해하지 마시길. 능력 있고 본인 관리 잘 되어 있는 남자들은 알아서 잘 어울릴 것 같은 여자를 소개받을 수 있다.

우선 본인의 현재 상태를 먼저 객관화하고, 처지를 바꿔서 내가 만나고자 하는 여성이 나를 만날지를 한번 생각을 해보고, 내가 눈이 높은 건 아닌지 정확하게 인지를 한 후에 자기 관리하고 나서 소개를 받는 게 좋다. 여기서 꼭 하고 싶은 말은 결혼은 꼭두각시 인형 찾는 게 아니다. 이혼율이 아무리 높다고 해도 잠깐 살고 헤어질 생각으로 결혼하는 건 아니니까.

앞으로 적어도 20년, 30년, 평생을 함께할 사람이라고 생각한다면 내가 꿈꾸는 나의 미래가 있으실 텐데, 행복한 나의 미래에 함께 즐겁게 잘 살아갈 수 있는 그런 사람을 한번 생각해보자. 그리고 내가 먼저 만날 준비를 하고 그다음 이성과 만나면 좋다. 지금 결혼 생각이 당장 없다고 하더라도 나는 미래에 어떤 사람과 어떤 삶을 살고 싶은지 좀 더 넓게 생각을 한번 해보자. 그리고 먼저 내가 거기에 맞는 사람이 되는 게 제일 중요하다.

10

여자들이 좋아하는 찐 멋진 남자

여자들이 좋아하는 진짜 멋진 남자! 많은 남자분이 잘못 알고 있는 게 있다. 남자는 여자의 얼굴을 보고, 여자는 남자의 능력을 본다고 생각하는 것. 물론 남자 능력 중요하다. 근데 여자야말로 남자의 얼굴을 본다. 남자들은 필요 없는 물건은 안 산다. 근데 여자들은 필요 없는 물건이라도 산다. 예쁘면 전 세계 아이돌 시장을 흔드는 건 남자 아이돌이다. 예나 지금이나 10년 전이나 앞으로도 굿즈를 사고 예쁜 남자에 열광하는 건 여자다. 그러니까 제발 남자들은 외모 관리 좀 하란 말이다. 툭 튀어나온 배 넣고, 피부 버짐도 어떻게든 해라.

'결국, 잘생긴 거 타령이냐. 못생기면 서러워서 살겠냐'란 현타를 주려고 하는 게 아니다. 우리가 갑자기 현빈이 될 수 없다. 이미 현실적으로 불가능하니까. 그런 얘기를 하려는 게 아니라 자기 관리를 해야 한다는 거다. 얼굴을 떠나서 기초공사는 확실하게 하고 나서 본인 얼굴 탓하자. '됐고 걍 잘생기면 좋은 거잖아'라고 하지 마. 단순한 남자들도 본인이 생각하는 예쁨의 기준이 다 다른데, 여자는 그야말로 복잡 미묘하고 하나하나 디테일을 다 보기 때문에 각자가 멋있다고 느끼는 남자의 포인트가 다 다르다.

여자들이 좋아하는 멋진 남자는 이렇다.

첫째, 얼굴. 희망적인 얘기를 하겠다. 여자들은 조각 같이 잘생긴 걸 좋아하는 게 아니다. 정말 조각 미남들한테는 잘 생긴 건 그냥 '와, 진짜 잘생겼다.' '우와, 잘생겼네.' 이게 끝이다. 덕심을 부리는 건 내가 좋아하는 외모다. 사람마다 좋아하는 얼굴은 다 다른데, 구릿

빛 피부의 남자나 남자다운 느낌의 외모를 좋아하는 사람도 있고, 하얗고 귀공자상을 좋아하는 사람도 있고, 동글동글 통통한 스타일의 남자를 좋아하는 여자도 있다. 여자마다 보는 눈이 다 다른데, 그 다른 디테일 속에서 숨어 있는 공통점을 찾아서 내가 할 수 있는 건 해보자.

여자들이 좋아하는 남자 얼굴의 포인트는 턱선과 콧날이다. 무조건 턱선 빡! 콧날 빡! 뭐, 이런 거 좋아한다는 말이 아니라 남성적인 느낌을 좋아하는 여자들은 턱선이 좀 강하고 남자다운 하관 날렵한 콧대, 이런 걸 좋아하는 거고, 반대로 우리 지드래곤처럼 예쁜 얼굴형, 수술한 것처럼 높은 코 말고 약간 동그랗고 예쁜 코, 이런 걸 좋아하는 여자들도 있다. 나는 후자를 좋아한다. 암튼 남자들은 여자 얼굴을 하나하나 뜯어 보지 않지만, 여자들은 남자 얼굴을 하나하나 뜯어서 다본다. 그러니까 전체적으로 별로라고 해도 어필할 수 있다.

자신의 얼굴에서 장점이 되는 부분을 찾아서 그 장점을 살릴 수 있도록 해야 한다. 눈, 코, 입, 치아, 피부, 턱선, 광대, 눈썹, 미소, 보조개 많다. 뭐든 찾아서 본인 얼굴에서 제일 예쁜 부분을 자신에 대해서 잘 알고 있어야 정말 내가 마음에 드는 여성이 나타났을 때 내 장점을 상대방이 알 수 있게 어필할 수 있다. 나의 모든 요소가 다 별로일 수는 없다. 개발해야 한다. 진짜 아무것도 없다고 생각한다면 미소라도 꼭 만듭시다.

둘째, 몸매. 핏, 태라고도 하는데, 이것도 역시 시각이다. 비주얼적인 부분이기 때문에 사람마다 보는 눈이 다 다르다. 나처럼 슬림핏을 좋아하는 사람도 있고, 탄탄하고 두꺼운 몸을 좋아하는 여성도 있다. 푸근한 곰돌이 상을 좋아하는 사람도 있다. 뭐가 더 좋다는 건 없다. 그러니까 이상향을 너무 높게 세워서 불가능한 쪽에 내 몸을 맞추려고 하다 보면 너무 스트레스받는다. 이건 그냥 자기가 할 수 있는 쪽에 맞춰라. 선호하는 상이 다르니까. 근데 이런 여러 상 중에서 공통으로, 절대적으로 모든 여성이 좋아하는 건 남자의 넓은 어깨와 업된 힙이다. 어줍이랑 쳐진 방댕이를 좋아하는 여자는 없다. 타고나는 거라고 할 수도 있겠지만 운동할 수 있다. 집에 철봉 달아놓고 턱걸이라도 하자. 스쿼트 하루에 100개 하는 거, 10분이면 할 수 있다. 지금 독서를 잠깐 멈추고 시행해라. 당장.

셋째, 분위기

남자들이 좋아하는 예쁜 여자에서 아우라를 말했었
는데, 이건 남자가 매력을 느끼는 여자한테는 공통적인
사항인 건 맞다. 밝고 '여성여성' 한 거 다 좋아한다. 근
데 남자의 아우라는 모든 여자가 다 선호한다고 볼 순
없다. 그저 밝다고, 혹은 그저 남자답다고 다 좋아하는
것은 아니다. 여자들은 까다로우니까 외모처럼 다양한
선호 사항들이 있기도 하고 사실은 그때그때 다른 분위
기를 다 갖춰주길 원한다. 이땐 이렇게, 저땐 저렇게,
이런 것을 다 맞춰서 매력 어필하는 것은 사실 불가능
하다.

확실한 거 하나! 모든 여자의 로망은 지적인 남자다.
여자는 백치미라고 하는데, 남자는 아니다. 멍뭉미를
좋아하는 여자도 있지만, 모자라 보이는 걸 좋아하는
건 아니다. 그들만의 지적인 매력도 있어야 한다. 똑
똑해야 한다는 거 아니고, 다 알아야 한다는 것도 아니
다. 풍기는 이미지라는 게 있다. 뭔가 내면이 차 있는

듯한 그런 사람, 그런 남자. 그러니까 뭐가 없다면 책이라도 읽어야 한다. 희한한 거 말고, 뭘 읽어야 할지 모르겠으면 고전 철학, 니체를 읽자. 이게 너무 재미없다? 그러면 사피엔스를 읽어라. 그리고 혹시 본인이 똑똑한 남자라면, 똑똑한 걸 알겠는데, 본인이 아는 걸 묻지도 않았는데 떠벌리지 마라. 잘났으면 잘난 거 절대 티 내면 안 된다. 저절로 알아야 진짜 잘난 거다. 그것만으로도 지적인 이미지를 가질 수 있다. 너무 쉬운 건데, 어떻게 해야 할지 몰랐다면 지금부터 하면 되고.

난 앞에서 말한 걸 기본으로 다 하고 있고 진짜 괜찮은 남자인데, 어필을 못 하고 있다면 그건 내가 상담 해 줄 수 있지.

11

애프터에서 삼프터로 – 연락 이어나가는 방법!

 소개팅 후 상대방이 애프터를 받아들였다고 해서, 두 번째 만남을 하기로 했다고 해서, 아직 사귀는 사이는 아니다. 그 어떤 의무도, 책임질 것도 없는 아직 남이다. 회원분들 중에 소개팅 잘하고, 애프터까지 성공하고도 두 번째 만남까지 이어가는 연락을 어려워하는 경우가 있다.

 "상대가 애프터는 오케이했는데, 일주일 정도 텀이 있어서 어떻게 연락을 해야 할지 모르겠어요."

실제 소개팅 때 매력 어필이 충분히 된 상태라면 솔직히 연락은 걱정할 필요가 없다. 알아서 연락이 오고, 이어지고, 끊이지 않을 거니까. 근데 뭔가 걱정이 된다는 건, 매력 어필이 강력하게 되진 않았을 것 같은 생각인데, 서로 불꽃 파바박은 아니지만 일단 두 번째 만남 약속은 잡았다는 건 애프터 받은 쪽에선 '뭐, 잘 모르겠지만 싫진 않으니 한 번 더 만나볼까?' 또는 별로였지만 그 자리를 모면하려고 약속을 잡은 경우다.

두 번째 경우는 연락한다고 해도 이미 안 될 인연이니 패스하고, 나는 좋았는데, 상대방은 '잘 모르겠지만 싫진 않으니 한 번 더 만나볼까?'의 경우 어떻게 연락하는지 알려줄게. 우선, 요즘은 전화 쓸 일이 거의 없고 대부분 카톡으로 연락을 한다. 카톡을 하기 전 마음가짐, 하지 말아야 할 행동과 아직은 나에게 긴가민가한 상대방에게 카톡 하는 방법이다.

마음가짐

첫째, 일희일비하지 말 것. 소개팅에서 상대방에게 반한 당신. 너무 맘에 드는 상대방을 만나면 좋으니까 표현하고 싶고, 자꾸 연락하고 싶고, 내 마음을 전달하고 싶기 때문에 상대방에게 연락이 올 때마다 한마디 한마디에 의미를 두게 된다. '이 말 무슨 뜻이지?', '나에게 관심이 있는 걸까?', '이건 뭐지? 싫다는 건가?' 오만가지 생각을 다 한다. 추측하지 마라. 카톡은 그냥 일상을 소통하는 거다. 카톡 대화 한마디, 한마디로 상대방과 나와의 관계가 결정되지 않는다. 카톡에 답이 안 오면 이번 소개팅도 끝일 거로 생각하지 마라. 인생 끝나는 거 아니다. 읽씹 하면 다 올 때까지 기다려라. 안 오면 다른 사람 또 소개받으면 된다 생각하고, 절박하고 간절하더라도 상대방 카톡에 대해서는 내가 하는 영역이 아니라 상대방의 영역이기 때문에 혼자 애쓰고 매달리면 될 것도 안 된다. 나의 절박함이 카톡을 타고 상대에게 전달된다. 누구 잡으러 오는 사람이 없으니까 천천히 해도 된다.

둘째, 핸드폰은 30분에 한 번씩만 확인할 것(더 늦게 해도 됨). 상대와 연락하고 싶으니까 주구장창 핸드폰만 쳐다보게 된다. 혹시나 연락 오면 바로 답해야 할 것 같다. 근데, 상대가 나한테 관심 있으면 그깟 카톡 답이 늦게 온다고 해서 마음 변하지 않는다. 오히려 궁금해한다. 그러니 부디 5분 대기조 하지 마라. 계속 기다리게 되고 연락하고 싶고 그러면 차라리 핸드폰을 무음으로 해놓자. 그리고 본인 할 일 하면 된다. 내 할 일 쭉 하다가 여유가 되면 보고 그때 답장하면 된다. 아직 사귀기로 한 사이 아니다. 동성 친구랑 연락한다고 생각하고 편하게 하자.

셋째, 과속하지 말 것. 과속하면 딱지 끊기지. 속도 너무 내면 면허 취소된다. 상대가 제한속도 50 걸었는데 혼자 120 달리면 정지 먹는다. 상대는 그냥 알아가고 싶다 정도일 수도 있는데, 혼자 벌써 사귀는 사이처럼.

남: 오늘 저녁에 뭐 하세요?

여: 친구들이랑 약속 있어요~!!

남: 친구들 만나서 뭐 해요?

남: 누구누구 만나요?

남: 만나면 술 마시는 거 아녜요?

남: 술 많이 드시면 안 되는데.

남: 제가 대리기사 해드릴 수 있는데.

남: 예뻐서서 남자들이 가만 안 둘 것 같은데.

가만 안 두면 뭐 어쩔 건데! 사귀기로 한 사이인 것처럼 아침부터 저녁까지 내내 보고하고 매 순간 컨트롤하는 그런 카톡 보내면 안 된다. 그럼, 그 자리에서 바로 면허 취소돼서 그나마 달리던 길 진입도 못 하게 된다. 과속하지 말고, 그리고 카톡으로 너무 진지하지 말 것. 엄근진 상태는 답장을 먹게 만든다.

자, 그럼 아직은 나에게 긴가민가 한 상대방에게 어떻게 연락해야 할까?

첫째, 카톡은 두 줄을 넘기지 않는다. 톡을 하는데 막 미친 듯이 보내서, 상대가 자기 할 일 하다가 톡을 봤는데 6~7개씩 와 있다면 질겁한다. '이 사람은 이렇게 할 일이 없나.' '안물안궁… 쩝….' 계속 티키타카 하고 싶겠지만 아직은 오버하지 마라. 상대방은 아직 필드에서 뛸 준비가 되어있지 않다. 그리고 막 자기 이야기를 하면서 대서사시를 시작하려 하면 시작부터 피곤함을 느끼게 된다. 상대방이 날 궁금해하고 '이 사람 뭘까?'란 마음이 들어야 재미있는데, 이미 다 알아서 줄거리, 결말, 반전까지 다 말해주면 그 영화 안 본다. 다 아는데 무슨 재미가 있어. 그러니까 두 번째 만남 전까진 한 번에 카톡은 한두 줄만 써라. 6~8개는 사귈 때만 해라.

둘째, 문안 톡 하지 말고 에피소드형식의 감정적 반응을 할 것. 할 말은 없고 톡은 보내고 싶다 할 때 제일 많이 하는 거. "잘 잤어요?" "점심은 뭐 드셨어요?" "저녁은 언제 드세요?" 이런 문안은 좀 친해지면 당연히 하는 건데, 아직은 그런 인사에 돌아오는 건 단답뿐.

남: 점심 드셨어요?
여: 네~. 식사하셨어요?
남: 네.

아니, 무슨 백종원, 김수미 님도 아니고 왜 그렇게 식사를 궁금해할까? 상대가 나에게 푹 빠져 있으면 다 궁금하겠지. 근데 안 빠져 있으면 안 궁금하다. 네가 뭘 먹었던. 알아서 먹겠지. 배고프면 알아서 먹는 거지, 안 궁금하다. 절대.

그러니까 남들 다 하는 매번 똑같은 인사말 말고, "오늘도 하늘이 예뻐요." "우리 처음 본 날 그날 하늘이랑 비슷한 거 같아요." 이런 식으로라도 보내보자. 쉽진 않겠지. 하지만 할 수 있다! 뭔가 즐거웠던 그 날의 분위기가 이어질 수 있도록.

그러다가 상대가 자신의 에피소드를 이야기해주면 "아, 정말요?" "아, 그랬구나." 감정적인 공감의 리액션을 해주면 된다. 제발 여자 말에 단답형으로 반박하지 말자. 부탁이다. "근데, 전 그건 별로더라구요." "아, 그러시구나… 근데…." 자꾸 부정적으로 단답형으로 반박하면 "이색히, 뭐지?" 하고 차단한다.

사실 두 번째건, 세 번째건 애프터가 이어지는 가장 쉽고 정확한 방법은 애당초 소개팅 때 강력하게 나의 매력을 어필하는 거다. 아, 누가 그걸 몰라. 그치? 이 말 해서 미안. 근데 이걸 못하니까 카톡이 문제가 되는 거다. 남자들아, 왜 여자 말에 반박하고 뚝뚝 잘라 먹어! "아닌데요?" 반박하고 싶어? 그럼 소개팅은 글렀다. 애들아! 여자에게 어필하려면 말투를 호감으로 바꿔야 하고, 남자에게 어필하려면 일단 외모를 호감으로 가꿔야 한다.

카톡을 하기 전에 실제 만남에서 내 매력을 어필해야 애프터가 먹힌다. 카톡 연락은 그냥 다음 만남까지의 생존 여부를 확인하는 정도지, 카톡만으로 호감이 폭발적으로 더 커지지는 않는다. 소개팅 당시 정말 '찾았다, 내 운명'이 아니라면 소개팅 잘하고 와도 그다음 날 잠에서 깼을 때 '굳이 또 만나도 똑같을 거 같다.' 이렇게 변할 수도 있다.

약속보다 중요한 건 소개팅 당시 상황에, '당신이 어떤 사람인지 알고 싶어요. 천.천.히'까지 갈 수 있게 최선을 다해 내 매력을 어필하는 것. 사람 마음은 부침개 같다. 익어라, 익어라 하면서 계속 누르고 있으면 거멓게 탄다. 이제 어느 정도 익었으니 뒤집어달라고 보글보글 올라오기 전까지 약불로 지켜보는 여유로움이 필요하다. 일단 애프터건 삼프터건 마음의 여유를 좀 가지고. 일방적으로 NO! 본인의 매력부터 끌어 올리자.

12

연인에게 현명하게 화내는 방법

어떠한 열 받는 상황을 마주했을 때 본능적으로 욱하는 성격이 먼저 나올 수도 있지만, 우리는 이성적인 사고를 하는 사람이니까, 그 순간 어떤 태도로 반응할 것이냐, 그건 내가 선택할 수 있다. 근데 열 받으면 그냥 내 맘대로 화내도 되는데, 왜 화를 잘 내고 싶을까? 화를 잘 내고 싶다는 말은 더 안으로 들어가 보면 막 얼굴이 씨뻘겋게 흥분하지 않고 교양있게 품위를 지키면서 화내고 싶다는 거다. 이런 사람은 대부분 평소 화를 자주 내고 화가 많은 사람이거나 화가 나도 참는 사람이다.

1. 화를 내고 싸워야 직성이 풀리고 화를 자주 내는 사람인 경우, 그냥 화를 내면 되지만 무턱대고 화만 내면 내 손해라는 걸 본인도 사실은 알고 있다. 내가 미친 건 맞지만, 미친 걸 니가 알아채게 하면서까지 지랄하고 싶진 않다. 또는 지금 열 받았고 개지랄 떨고 싶지만, 내 승질대로 했다가 날 떠날 수도 있으니까…. 이해도 못 받고.

이런 성격의 사람들이 현명하게 싸우는 방법이 궁금하다는 건 이길 싸움을 하고 싶어서다. 내가 열 받은 건 전달하되, 상대방은 잘못을 뉘우치고 나에게 미안하다고 하고. "앞으로 안 그럴게. 잘할게"를 듣고 싶은 거다.

2. 화가 나도 참는 사람은 '됐다. 화내서 뭐하나. 내가 참자.' 원래 성격이 참는 성격이거나, 또는 내가 더 좋아하거나, 또는 누가 봐도 내가 억울하지만 나도 똑같이 화낼 순 없으니까 그냥 삭히는 거다. 꾹꾹 그렇게

참다가, 참다가 병이 나고 상대방은 어영부영 매번 넘어가니까 혼자 상처받고 너덜너덜해진다.

이분들이 잘 싸우는 방법이 궁금한 건 큰 분란은 일으키지 않고 본인의 억울함을 풀고 싶어서다. 또는 조곤조곤 상대방이 나에게 그렇게 화낼 일이 아니다, 그러지 말아달라를 알리고 싶은 거다. 그것도 아니면 싸우고 싶은데 말빨이 딸리거나.

사실 화는 안 내면 제일 좋다. 그렇다고 참기만 하라는 건 아니다. 대수롭지 않게 넘겨야 한다. 우선 현명하게 화내는 방법에서 가장 중요한 건 화낼 때 내 마음의 베이스다. 연인에게 화를 내는 이유가 뭔가? '나 열받았어! 풀어줘!' '이게 풀려야 너랑 더 잘 지낼 수 있어!' 이거지. 상대방이 싫어서 너 죽고 나 죽자, 하는 일반적인 싸움이 목적이 아니다. 더 잘 지내고 싶어서 화를 내고 싶다. 혹은 내가 널 좋아하니까 지금 너 때문에 화가 나는 거다. 이 마음을 잊으면 안 된다. 이걸 모르기 때문에 싸움이 커진다. 이것만 잊지 않으면 현명하게 화내는 방법은 크게 중요하지 않다. 절대 잊지 말자.

내가 지금 화가 났어. 화가 나 못 참겠어! 그럼 지금 그 자리에서 벗어나라. 회피하는 것과는 다르다. 잠시 화장실을 간다든지 그 순간을 벗어날 잠깐이 필요하다. 눈감고 크게 한숨 뱉을 수 있는 순간. 나는 향수를 뿌린다. 내가 좋아하는 향. 버럭 하거나 욱하면 무조건 진다. 화가 진정이 안 된다면 이길 생각을 하면 안 된다. 소리 지르고 발광 다 떨고 이길 방법은 단언컨대 없다. 더욱 정이 떨어지게 하고 추하기만 할 뿐이다. 그러니까 잠시 벗어나서 한숨 돌리고 진정부터 해라. 그리고 생각한다. '내가 왜 화가 나지?'

'어떻게 하지?'가 아니다. 내가 화난 이유에만 집중하자. 스스로 이 질문을 해보면 스쳐 지나가는 생각들이 있다. 여러 생각 중에는 내가 너무 쪼잔한 거 같거나 내가 더 좋아하는 것 같아서 등등 인정하고 싶지 않은 이유가 있다. 아닌 척하지 마라. 스스로 자존심 세우지 마라. 자문하면서까지 자신을 속이지 마. 내 민낯을 그대로 봐라. 그래야 진짜 잘 화낼 수 있다. 내용물이 뭔지 알아야 포장을 잘 할 수 있다.

이렇게 내 마음을 알았다면 상대방에게 화를 낼 것인지 나 혼자 오버한 건지 알 수 있다. 혼자 생각하며 화가 사그라들고 화낼 가치가 없는 일이라는 걸 깨닫는 순간이 많다. 근데 그럼에도 불구하고 화가 난다면, 이때도 항상 마음속엔 알고 있어야 해요. '내가 지금은 화가 나서 지랄하지만 너를 좋아해!'라는 걸.

그리고 더 중요한 것. 화낼 때 제일 많이 하는 실수는 상대방을 비난, 질책, 책임 전가하는 말을 하는 거다. '니가 어떻게 그럴 수 있어?' '미친 거 아냐?' '내가 몇 번을 말했어!' 이런 식으로 화내면 절대 원하는 대답을 들을 수 없다. 결국, 우리는 상대방의 반성과 사과, 이걸 원하는 건데, 비난하게 되면 상대방이 진짜 잘못했다고 생각하더라도 사과하기가 싫어진다. 그럼 화낸 사람은 더 열 받고, 그럼 무조건 지는 거다. 사과도 못 받고 나만 화낸 도른 자 되는 거다. 최악이다. 그러니까 씩씩대면서 흥분해서 버럭하지 말고, 있는 그대로의 상황과 그 상황으로 인해서 내가 느낀 점을 얘기하면 된다.

예를 들면, 애인이랑 2주를 못 봐서 너무 보고 싶은 상황에서 갑자기 연락이 왔는데, 아무 배려 없이 간단한 설명만 하고 '나, 그래서 이번 주 못 볼 것 같아.' 이렇게 말한다면 개황당하지. 사실 이 상황에 제일 짜증 나는 건 못 만나서가 아니다. '지금 나만 보고 싶어 하나?' 이게 열 받는 거지. [사실] 우리가 2주 동안 못 봤고 이번 주엔 보기로 했고 내가 같이 갈 카페랑 맛집도 찾아뒀는데, [감정] 아쉬운 표현도 없이 틱 통보하고 끝? 니가 돌았구나! 이 상황에서 보통은, "뭐? 미친 거 아냐?" "아니, 진작 말을 해주든가." "아, 됐어. 오지 마!" 이러고 하루 이틀 연락 안 받겠지. 폰 껐다 켰다, 껐다 켰다. 상대가 전화했을 때 '전화기가 꺼져 있어….' 이거 나오게 하려고 껐다가, 근데 또 캐치콜 와 있는지 확인하려고 켰다가, 연락 와도 안 받을 거면서 연락 오는지 안 오는지까지 체크하면서 혼자 열폭하겠지. 그러는 동안 남자친구는 불편하고, '하, 어떡하지….' 하는 상황이 되면 서로 힘들어진다.

그럼 어떻게 말해야 할까? "우리 2주 동안 못 봤잖아. 큰일 아닌 것 같은데, 이번 주에 못 본다고 네가 그냥 통보해버리니까 나 혼자 보고 싶어 한 건가, 너무 서운해." 저걸 듣고 어떻게 미안해하지 않을 수가 있을까? 그럼 상대방이 미안하다고 하면 그때 말한다. "앞으론 크게 중요한 일 아니면 그러지 마. 섭섭하니까. 똑딱하게 하지 마라, 진짜…."

기억해야 할 순서. 사실 → 느낌 → 부탁. 누구나 이렇게 하기 어렵다. 화가 나는데 어떻게 저렇게 할 수 있어? 인공지능도 아니고 열 뻗쳐 죽겠는데…. 못 해, 못 해. 하지만 몰라서 못 하는 거랑 알지만 바로 이렇게 하기 힘든 건 다르다. 알면 할 수도 있다. 근데 굳이 저렇게까지 해줘야 하는지 물어본다면, 본인을 위해서 하는 거다. 상대방을 위해서가 아니다. 내 마음의 평온을 위해서 하는 거다. 막 화내고 지랄한다면, 결국, 나중에 내가 더 안 좋아진다. 본인도 그 과정에서 스트레스받는다.

결론은 다 나를 위해 힘들어도 하는 거다. 힘들겠지만 다 과정이 있어야 목표에 도달할 수 있다. 실패하고 좌절하고 분개하더라도 다시 나를 돌아보고 알아차리고, 열 받아서 지랄하더라도 내가 너무했다 싶으면 바로 사과해라. 화도 잘 내면서 연애하자.

P.S. 근데 조금만 생각해보면 지랄할 것도 별로 없다. 인생 긴 것 같은가? 그 사람이랑 평생 만날 것 같은가? 아니다. 우리 인연이 언제까지일지는 아무도 모른다. 그러니까 너무 화내고 싸우지 말자. 그리고 화도

화를 잘 낼 가치가 있는 사람한테나 잘 내야지 하면서 노력을 하는 거다. 매번 나에 대한 배려 없이 나를 화나게 하고, 속상하게 하고, 나를 소중하게 생각하지 않는 가치 없는 사람을 위해 이런 노력할 필요 없다. 가치 있는 사람과 서로 발전적인 연애합시다.

13

연인 사이에 화날 일이 없다는 건

유튜브 댓글 사례다. "지인님, 예전에 성격이 진짜 지랄 맞았다고 했는데, 어떻게 바뀌셨는지 궁금합니다. 지금은 안 그래 보여서요." "싸울 일이 없다는 걸 알게 돼서 매우 화낼 일이 없는 것 같아요. 성격은 똑같습니다." 싸워봤자 해결되는 게 없으니 안 맞는 사람이면 헤어지고, 적당히 맞는 사람을 만나야겠다고 생각하신 거? 안 맞으면 손절. 맞는 사람끼리 만나자! 이런 게 아닌데….

여기에 대해 말해보자. 이게 어렵지만 쉬운 얘기일 수도 있다. 남자와 여자는 생각하는 방식이 참 다르다. 예를 들어보자.

남자가 오늘 밖에서 기분 안 좋은 일이 있었다. 그럼 일단 좀 내버려두길 바라지. 혼자 고민하다가 어차피 스스로 해결할 수 없다면 잊으려고 노력한다. 그래서 그럴 땐 좀 냅둬야 한다. 제일 좋은 건 이유는 캐묻지 말고 한번 제대로 안아주거나 그냥 옆에 있어만 주면 스스로 알아서 입을 연다. 말하고 싶을 때가 되면. 근데 이럴 때 여자들은 캐묻지.

여자: 왜? 무슨 일 있었어?
남자: 아니야. 별일 없어.

그럼 여자는 섭섭하지. 내가 실컷 생각해서 다정하게 얘기 들어주고 싶고 그랬는데! 이 인간이 말도 안 한다.

똑같은 상황에서 이번엔 여자가 밖에서 기분 안 좋은 일이 있었다. 그럼 여자는 위로와 공감을 원하지. 근데 남자들은 보통 이런 상황에서 분위기가 안 좋으니까 말을 안 건다. 본인들은 심각한 일이 있을 때 냅두는 게 위하는 거라고 생각을 하니까. 그리고 사실 괜히 말 걸었다가 불똥 튈 수도 있고. 여자를 위해서, 그리고 자신을 방어하기 위해서 여자를 내버려둔다.

근데 여자들은 내가 기분이 안 좋은데 남자가 날 신경도 안 써준다는 생각이 들면 더 기분이 안 좋아진다. 세상에 혼자 있는 기분을 느낀다. 그래서 그럴 때 그냥 냅두면 안 된다. 왜 기분이 안 좋은지 물어봐 주거나 앞에서 기분이 좀 풀릴 수 있게 애교 부려주면 너무 좋다.

자, 그러면 남녀 사이에 화가 날 일이 없다는 게 여기서 어떻게 생각을 하면 되느냐? 내가 남자면! 오늘 기분이 안 좋아! 근데 여자친구 또는 와이프가 계속 말을 건다. 막 캐물어. 그러면 '짜증 나게 왜 이렇게 귀찮게 해!'라는 생각이 들겠지만, 그때 한 번만 생각한다. '아, 날 좋아해서 날 위로해주고 싶어서 이러는구나.' 그런 생각을 한 번만 할 수 있으면 짜증이 덜 난다. 그러면서 먼저 얘기해주자. "나, 오늘 회사에서 일이 좀 있었는데." "나, 오늘 안 좋은 일이 있었는데." "혼자 정리 좀 하고 말해줄게." "지금은 잠시만 혼자 생각하게 해줘." "걱정해줘서 고마워."

내가 여자면! 나 지금 열 받았어! 짜증 나는 일이 있어! 근데 남자친구가, 신랑이 날 신경도 안 쓰네? 그때 혼자 더 우울해하지 말고 외롭다 느끼지 말고 생각한다. '아, 내 분위기가 싸해서 괜히 더 기분 나쁘게 할까 봐 말도 안 걸고 딴짓하는구나. 무슨 말을 해야 잘 달래줄지 몰라서 그러는구나!' 그리고 먼저 말 건다. "나, 오늘 이런이런 일이 있었는데, 나 좀 안아줘!"

그리고 이 반대 처지이다. 내 남친이, 내 여친이 짜증을 낸다! 기분이 안 좋다! 내 남친이 기분이 안 좋아 보이면 관심만 가져주고 캐묻지 말 것! "내 도움이 필요하면 얘기해." "그때 다 들어줄게." 하고 가만히 있는다. 남자에게 혼자만의 시간을 준다. 만약 내 여친이 기분이 안 좋아 보이면 눈치만 보지 말고 "내가 들어줄게. 무슨 일 있었어?" 따뜻한 마음으로 위로해줄 것!

이게 이론으로는 가능할 것 같거든? 근데, 막상 이 상황이 되잖아? 어떻게 저렇게 해. 내가 짜증 나 죽겠는데! 나도 저렇게 바로 못 한다. 남녀가 너무 다르다.

서로 다르기 때문에 연애만큼 재밌는 게 없는데, 또 서로 달라서 너무 어렵다. 어떤 상황에서든 상대방을 내 기준으로만 내 생각대로만 판단하지 말고 다 그럴 만한 이유가 있을 수 있다고 한 번만 생각하자.

도저히 안 될 사람이면 정리하면 되니까, 너무 내 처지에서만 생각하고 고민하고 화내고 그러면서 자기가 더 힘들어하지 말자. 다들 적당히 싸우고, 즐겁게, 신나게, 행복한 연애 하길 바란다.

14

남자 모태솔로 탈출법

　우선 10대. 10대 때 연애 못 하는 건 모태 솔로에 해당하지 않는다. 이 시기에는 연애에 집착하기보단 공부에 집중하고, 친구들과 잘 지내는 방법을 먼저 배워라. 그리고 매번 구독자들이 비슷하게 하는 말이 있다. "됐고 얼굴 잘생기면 다 됨." "돈 많으면 저런 거 안 해도 연애 잘하는데요." 물론 키 크고 잘 생기고 성격 좋고 능력 있으면 제일 좋지. 근데 너는 키 크고 잘 생기지 않았잖아! 그런 사람들은 애초에 진지하게 유튜브에 댓글 남기고 있지 않겠지.

지금부터 알려주는 방법은 평범한, 일반적인 사람들을 위한 방법이다. 일부 부정성에 빠진 사람들이 논지에서 벗어나는 말을 한다. 그저 부정성에 사로잡힌 세상에 대한 분풀이는 아무 의미 없다.

모태솔로 탈출을 위한 마인드 SET

1. 연애에 집착하지 말 것. 연애하고 싶은 모쏠들에게 연애에 집착하지 말라니 무슨 말인가 싶나? 연애 자체를 포기하라는 말이 아니다. 지금까지 손에 쥐지 못한 것을 놓아버리라는 말이다. 차분한 노력과 헷갈려서는 안 된다. 말이 너무 어려운가? 대부분 어떠한 것에 대한 집착은 되려 그것에게서 멀어지게 한다. 비단 연애뿐만 아니라 모든 일이 그것에 집착하면 절대 그것을 온전히 가질 수 없다.

모쏠의 특징이 대부분의 활동을 연애와 연관 짓는다. "(장소)○○ 가면 여자가 많으니 내 연애 확률도 늘어나겠지?" "(행동)○○하면 여자들이 좋아하겠지?" 오직 여자를 위해 움직이는 당신에게 무슨 매력이 있을까?

여자에게 인기 있는 남자가 되기 전에, 나 스스로가 먼저 괜찮은 사람이 되어야 한다.

2. 부정성에서 벗어나 그 자리를 긍정성으로 채울 것. 모쏠들은 자존감이 낮기 마련이다. "하, 스벌. 난 왜 이때까지 연애도 못 하고 있지." 이러면서, "한국 여자들이 말도 안 되게 눈이 높아서 그래. 김치녀 극혐!" 이렇게 외부로의 부정성 표출을 하거나, "역시 난 안 돼. 내가 찐따 찌질이라 그래. 이번 생은 틀렸어." 이렇게 내부로의 부정성 표출을 한다. 본인이 앞으로 연애할 대상인 '여성'에 대한 비난이나 앞으로 연애를 할 본인 '자신'에 대한 혐오는 너의 모태솔로 탈출에 전혀 도움이 되지 않는다. 그런 부정적인 것들에 시간을 쏟지 말고 그 시간을 자기 관리하는 데 사용하거나 좋은 책을 읽어 긍정적인 정서를 채우는 데 써라. 연애 전에 자존감 회복이 먼저다.

3. 방법론에 집착하지 말 것. 마인드 SET이 되지 않은 모쏠들은 더 방법론에 집착하게 된다. 어떤 것을 못 해서, 또는 안 해서 연애를 못 하는 줄 안다. 다이어트

도 마찬가지다. 어떤 '특정 식단'을 먹어서 살이 빠지거나, 어떤 '특정 운동'을 해서 몸이 좋아지는 게 아니다. 좋은 음식을 적당히 먹고 몸을 많이 움직여서 살이 빠지고 건강해지는 거다. 이 차이를 알겠는가? '특정 시술'을 하고, '특정한 옷 스타일'을 입고, 어떤 '특정한 어떤 언어 능력'을 구사해서 여자들이 좋아하는 게 아니다. 기본부터 하고 디테일을 꾸미면 된다. 마인드 셋이 되지 않은 상태에서 어설프게 배운 픽업 아티스트들의 스킬로 뭘 어떻게 해보려 한들 잘 될 리 없다. 정말 어설프게 도전만 하다가 현타만 온다.

일단 자기 관리를 위한 노력을 하고, 자신에게 맞는 스타일을 찾고 나서 상대방을 배려하는 언어 습관으로 괜찮은 사람, 괜찮은 남자가 우선 되어야 한다.

4. 여자를 여자이기 전에 보통사람으로 볼 것. 여자 앞에만 서면 떨리고 입이 떨어지지 않는가? 그건 '어떻게 해보려는 마음' 때문이다. 엄마와 말할 때, 누나와 말할 때, 식당 아줌마와 말할 때도 떨리는가? 여러 사람과 어울리는 과정에서, 마음이 맞고 끌리는 이성이 있으면 연애를 할 수도 있다. '이 여자와 연애해야겠

어!' 이렇게 마음먹고 들이대는 방법은 이거야말로 정말 잘생기거나 능력 있는 남자들이 할 방법이다.

여자와 말을 잘하기 전에 내가 사람들과 잘 소통하고 있는지부터 점검해라. 낯선 이성과 말하는 게 힘들다면 여사친에게 먼저 말을 해보고, 그것도 힘들다면 동성 친구와 대화해보고 사람과 편하게 대화하고 친해지는 연습이 먼저다. 여자이기 전에 보통사람처럼 소통이 원활할 때 연애가 시작될 수 있다.

5. 한 방에 뒤집으려는 마음을 접을 것. 사람들은 결핍이 지속될수록 한 방에 그것을 만회하려는 보상 심리가 있다. 연애도 마찬가지! 솔로 기간이 길어질수록 '내가 너를 위해 이 시간을 기다려 왔어!' 하는 마음이 커진다. 하지만 현실은 시간이 지날수록 노화로 인해 외모는 하락하고, 나이는 많아져 부담감만 커질 뿐. 더욱이 시간에 대한 보상 심리는 쌓이고 남의 눈을 의식하는 사람들은 '고작 저런 애 만나려고 저렇게 오래 연애 안 한 거였음?' 이런 말도 들을까 두렵다. 지금의 나는 1년 뒤의 나보다 잘날 확률은 낮다. 시간에 대한 보상 심리보단 반대로 시간의 소중함을 알아야 한다.

연애 할 수 있는 가장 젊은 날은 지금이다. 눈이 높아 연애를 오래도록 못 하는 사람에게 하고 싶은 말이 있다. '자신의 이상형이 나를 만나도 될 만큼 나는 발전 중인가?' '지금 덜컥 자신의 이상형이 눈앞에 나타난다면, 그녀가 나를 만날까?' 스스로 이런 질문을 해보길 바란다.

마인드 SET이 전부 되었다면 사실 연애를 하지 않아도 조급하거나 불행하지 않다. 나의 결핍을 연애로 채우려 한다면 그 연애의 결말은 결코 행복할 수 없다. 운동을 할 때도 기초는 코어다. 그 후에 벌크업을 하는 거다. 연애의 목적이 아닌, 일단 살아가는 데 괜찮은 사람이 되는 게 선행이고, 그리고 온전한 사람을 만나서 배가 되는 사랑을 해야 한다.

15

30대, 넌 이미 아저씨다

남자는 30대에 접어들면 보통 2가지 부류로 나뉜다. 미리미리 관리해서 좋은 컨디션을 꾸준히 유지한 오빠. 그냥 되는대로 살아가다가 사회생활로 늘어난 술배와 편한 옷만 입고 홀아비 냄새 풍기는 아재. 어릴 때 좀 괜찮았는데 하는 남자도 관리 안 하면 훅 늙어버려 아재가 될 수 있다. 종종 20대 중·후반에도 아재력 가득한 와꾸가 돼버리는 친구들도 있으니, 난 아직 20대, 내 얘기가 아니라고 부정하지 말고 늘 경계해라.

이건 멋있는 아저씨 되는 방법이 아니다. 핵아저씨가 되어버렸거나 혹은 되어가는 중인데, 어디서부터 건드려야 할지 몰라 방황하는 이들을 위한 방법이다.

중요도 순으로 알려줄 텐데, 1번을 해결하면 나머지는 자동으로 해결되는 게 많다. 아재 탈출법!

1. 헤어

'남자는 나이가 들어도 머리와 돈만 있으면 된다'라는 말이 있을 정도로 머리칼은 중요하다. 알아. 듣지 않을 거. 귀찮다, 무섭다, 돈이 없다, 마지막 자존심이다, 하면서 미루겠지. 그래라. 그렇게 대머리 아저씨가 되어라. 본인이 몇 살이건 20대건 30대건 두피가 열이 많아서라거나, 머리카락이 얇아서라는 변명 집어치워라.

손가락으로 두피를 쳤을 때 허전함이 느껴진다면 빨리 병원 가서 약 처방받고 돈 모아서 모발 이식해라. ASAP('가능한 빨리' 라는 뜻의 영어 채팅 용어), 탈모약이 성 기능이 떨어진다는 소리는 이제 지겹지도 않다. 이 핑계, 저 핑계 계속 대고 세상 탓하는 머리 없는 아재로 살아갈 건지, 자존감 올리고 오빠로 탈바꿈할 건지는 본인이 선택하는 거다. 헤어는 스타일 이전에 머리카락부터 있어야 한다. 머리숱부터 채우자.

2. 몸매

남자들은 나이 앞자리가 바뀔 때마다 몸무게도 앞자리가 바뀌는 게 거의 국룰이다. 심지어 날씬했던 남자들도 사회생활을 하면서 10kg는 그냥 찌는 것 같다. 왜소했던 남자인데 나잇살 좀 찌면 더 괜찮아지지 않나? Nope! 이상하게, 참 신기하게도 못나게 살이 찐다. 배에 5kg, 가슴에 2kg, 빵댕이에 2kg, 턱밑에 1kg 정도. 팔, 다리, 어깨는 여전히 볼품없다. 여기선 BMI 얘기 꺼내지도 않겠다. 단, 헬창 제외! '키-100'보다 몸무게가 더 나간다면 수분이고 골격근이고 뭐고 빼라. 유산소 좀 하자. 먹고 바로 눕지 좀 말고. 뱃살만 없어도 핵아저씨 몸매로 보이지 않는다.

3. 스타일

이건 패션 감각과는 약간 다른데, 묘하게 구려져. 아저씨가 되어갈수록. 특유의 아재 스타일이 있다. 구린 카라티에 뭔가 촌스러운 워싱의 청바지, 왜 그렇게 애정하는지 모를 바람막이. 멋을 부리라는 게 아니다.

구리게만 입지 말자. 모르겠으면 단색, 블랙, 화이트, 베이지 세미클래식으로 입자. 그 언제 빨았는지도 모를 오래된 청바지는 이제 그만. 청바지는 잘 어울리는 적절한 핏과 예쁜 워싱을 못 찾겠다면 그냥 깔끔한 면바지 입자. 그리고 일부러 오버핏을 낸 게 아니라면 아저씨들의 그 묘하게 약간 넓은 통, 약간 긴 기장은 수선해서 입자. 바지는 반품만 작게 기장도 복숭아뼈 보일랑 말랑하게 줄여라. 딱 붙게, 꽉 끼게 입으라는 거 아니다.

아울러 제발 샌들에 목 긴 양말 좀 참아줘라. 목이 긴 양말은 스타일 좋은 남자들이 패션의 완성을 위해 가져가는 아이템이다. 그 외 흰색, 검은색, 회색 목 긴 양말은 다 버리자. 또 등산, 낚시풍 상의와 재킷도 데일리로 좀 그만. 크로스백은 크로스로 메고 다닌다면, 지금 당장 헌 옷 수거함에 넣을 것.

4. 냄새

향기는 입히는 것보다 탈취가 먼저다. 탈취의 개념을 잘 모르는 분들이 있는 것 같아서 정확히 설명해줄

게. 백날 옷에 페브리즈를 뿌려도 홀아비 냄새는 빠지지 않는다. 일단 남자는 겨드랑이와 생식기 주변만 씻는 분들 많은데, 귀 뒤, 목 뒤를 빡빡 씻어라. 매일 매일. 그리고 오늘 입을 옷만 냄새가 안 나면 되는 게 아니라 옷장을 한번 털어라. 옷장을 전부 비우고 모든 옷의 냄새를 한번 다 빼내고, 그 후에 입었던 옷들은 절대 다시 거기에 집어넣지 말아라. 스타일러를 하든, 드라이를 맡기든, 입었던 옷은 행거에 따로 걸든, 어떻게든 새 옷과 섞이지 않게 해라.

그다음 침구류. 지금 쓰는 거 몇 년 됐는지 생각해보자. 몇 년 됐는지도 까마득한데, 언제 빨았는지 기억도 안 난다면 버리고 새것 산다. 10만 원도 안 한다. 그리고 군대 버릇으로 일광 건조만 하는 아재들이 많다. 이불 커버는 최소 한 달에 한 번 이상 빨아야 한다. 베갯잇도 최소 이주에 한 번 이상 빨 것! 홀아비 냄새는 혼자 사는 남자의 모든 공간에 배어 있을 확률이 높다. 빨래 잘하고 잘 말리고 잘 씻는데 홀아비 냄새나는 남자는 없다. 아, 아재 냄새 나면서 담배를 핀다? 이건 병은 치료 안 하고 계속 더 좋은 진통제를 구하는 꼴이다. 담배 피우면서 향기를 욕심내지 말자.

5. 음식

음식은 당연히 각자의 취향을 존중한다. 하지만 의외로 늘 먹는 것이 당신을 아재로 만들기도 한다. 국밥, 삼겹살, 짜장면… 등등. 뭐, 좋다. 다 맛있는 음식이다. 근데 일주일 내내 국밥, 삼겹살, 소주, 짜장면… 이게 반복이라면, 적어도 일주일에 한 번씩은 안 먹어본 음식점 찾아가자. 다양한 형태의 음식, 알리오올리오, 로제 떡볶이, 크로플 등등 젊은 여자애들이 좋아하는 음식 추천한다. 그런 거 먹으러 가면서 낚시 재킷 입고 가긴 좀 그렇거든. 먹는 음식과 먹는 장소가 당신을 아재 블랙홀에 빨려 들어가는 걸 막아줄 것이다. 그리고 국밥도 먹어도 된다. 근데 생마늘, 파 그런 건 좀 적당히 먹자. 삼겹살 먹을 때도 생마늘, 고추, 짜장면에 생양파도. 마늘, 양파, 파는 물론 몸에 좋다. 근데 생으로 맵고 독한 거 많이 먹으면 위에 부담돼서 좋을 것도 딱히 없고, 결정적으로 냄새는 양치해도 쉽게 사라지지 않는다. 입에서 내내, 진짜 내내 마늘 냄새나는 아저씨, 그 어떤 여자도 좋아하지 않는다. 못 끊겠으면 가끔씩 먹자. 정말 가끔씩만.

이상 아재를 벗어나는 법! 최악을 피하는 법 5가지에 대해 알아보았다. 멋있는 남자가 되는 방법은 일단 최소한 이것들을 고치고 나서, 찌질이 탈출법 그리고 흔남에서 훈남 되기로 넘어가면 된다.

30대 이상의 미혼 남자들에게 어린 날티 스타일을 내라는 거, 절대 아니다. 남자는 나이가 들수록 중후해지는 멋이 있다. 그 멋의 기본에는 청결, 깔끔한 외모 관리와 꼰대 아닌 유연한 사고에 있다고 생각한다. 부디 핵아저씨를 벗어나서 멋진 오빠로 다시 태어나길 바란다. 파이팅!

16

나쁘지 않은 여자 &
괜찮은 남자가 썸탈 때 일어나는 일

여자의 썸, 남자의 썸, 그 차이. "썸남이 있는데, 이렇게 이렇게 하는데, 저한테 관심이 있는 건가요? 어장인지 썸인지 잘 모르겠어요! 알려주세요." 이런 질문을 많이 받는다. 그때마다 매번 같은 대답을 하는데, 사람은 다 다르고 상황도 제각각이지만, 이런 경우가 많다. 애매하면 사실 대부분 이렇다.

우선 남자의 썸, 여자의 썸은 근본부터가 다르다. 남

자의 썸은 사귈지 말지를 지켜보는 단계. 여자의 썸은 아, 곧 사귀겠구나 하는 단계. 즉, 남자의 썸은 '사귀어도 될까? 말까?'를 간 보는 타임인 거고, 여자의 썸은 남자가 고백하면 사귀는 타임이다. 이게 남자와 여자, 각각의 썸의 개념이다. 여자가 썸을 탄다는 건 그냥 좀 그때를 즐기긴 하지만, 이 인간은 영 아니다 싶으면 썸도 안 탄다.

근데 남자는 '어, 이 여자 나쁘지 않은데?' 혹은 조금 괜찮다 싶으면 일단 썸을 타보고 사귈지 말지를 결정한다. 그러니까 여자로서는 분명 남자가 나에게 호감을 보였고, 썸이랍시고 만나서 영화도 보고 카페도 가고 심지어 손도 잡았는데, 남자가 사귀자고 안 하고, 그렇게 끝나면 여자는 황당해하는 거지. 그때 남자는 호감이 있으니 우선 알아보자 싶어서 이 여자랑 데이트도 해보고 사귈지 말지 간 보는 건데, 여자들은 호감이 있는 남자와 데이트를 몇 번 했으니 이건 당연히 곧 사귀자 각 아닌가? 하면서 혼자 사귀기 직전이라고 생각해서 설레발 치다가, 남자가 사귀자고 안 하면 그 관계는 끝나고 어이없음 직격타를 맞는 거다.

그래서 어떻게 해야 하냐? 남자들은 내가 애프터, 삼 프터 계속했는데, 여자가 모두 흔쾌히 응했고, 나와 몇 번이나 즐거운 데이트를 했고 심지어 손도 잡았다? 그럼 빨리 사귀자고 말해! 이 상태니까 "언제 고백해야 할 지를 모르겠어요." 이딴 질문 하지 마라. "더 이상 끌지 말고 앞으로 더 자주 보자. 봄 여름 가을 겨울." 이렇게 말해라.

그리고 여자는, 나에게 먼저 호감을 보인 그 남자 몇 번이나 만나서 데이트 잘했는데, 고백을 안 한다? 고백 타이밍 못 잡은 걸 수도 있지만, 네 번, 다섯 번, 여섯 번 계속 지나간다? 그럼 그러다가 끝날 수도 있으니까 설레발 오다리 뻗친 거, 다시 가져와라. 그래도 즐거웠잖아? 썸이라도 탔잖아. 분명 자기가 먼저 좋다고 해놓고 뭐임? 하면서 억울해하지 말고. 괜찮아. 딴 놈 찾으면 돼. 알겠지?

P.S. 아, 근데, 여기서 내가 말하는 썸은 나쁘지 않은 여자와 괜찮은 남자의 썸이다. 그 이하는 나도 몰라.

17

30대 남녀가 결혼 못 하는 진짜 이유

　결혼이 진짜 이렇게 힘든 걸까? 20대 초 · 중반 멋 모를 때 결혼한 분들 말고, 30대 중반이 넘어선 우리 들이 진짜 결혼이 이렇게 힘든 이유가 뭘까? 그저 결혼 못 하고 있는 골드미스, 노총각들을 후드려 패려는 게 아니라, 결혼정보회사 대표로서 아직 젊은 남녀가 서로 잘 화합해서 좋은 인연을 맺고 그로 인해 더 나은 삶을 살기를 바라는 마음이다.

　자, 내가 30대 중반을 넘어섰다. 그리고 나는 결혼

을 하고 싶다. 그렇다면! 결혼할 수 있는 사람과의 연애, 진짜 결혼이란 걸 하고 싶다면 인정하는 게 우선이다. 내가 결혼할 사람을 만나지 못하는 이유, 누군가를 만나고 있지만, 막상 결혼은 못 하는 이유를 알아보자.

우선 남자의 경우, 30대 중반을 넘어섰는데 본인이 결혼을 못 하는 이유는 여러 가지가 있겠지만, 결정적으로는 능력이 안 되기 때문이다. 돈이 아예 없어서일 수도 있겠지만, 그것보다는 정확히 말하자면 내가 원하는 여자를 만날 만큼의 능력은 없다. 내가 결혼하고 싶은 그 여자들은 바라는 게 지금의 나보다 훨씬 높으니까.

여자의 경우는, 30대 중반이 넘어선 여자들은 이미 능력 있는 여자들이 많다. 근데 나이도 많다. 일명 골드미스라고 불린다. 이 여자들은 나이 차이 적고 본인보다 더 능력 있는 남자를 원한다. 근데 그런 나이 차이 적고 능력 있는 남자들은 나이 많은 여자를 안 만나지. 더 어리고 더 예쁜 여자를 만나겠지.

30대 남자가 결혼하기 힘든 게 아니고, 30대 능력이 없는 남자가 결혼하기 힘든 거다. 30대 여자가 결혼하기 힘든 게 아니라 30대에 외모는 평범한데 능력은 있는 여자가 나이 차이 적은 또래에 자기보다 더 능력 있는 남자를 찾기 때문에 결혼이 힘든 거다.

　나와 비슷한 사람을 만나겠다고 하는 게 30대가 되면 얘기가 달라진다. 30대 평범한 남자들이 원하는 여자는 평범보다 더 나은 남자를 만나고자 하고, 30대 미혼 여자들이 원하는 남자는 좀 더 어리고 더 순수한 여자를 만나길 바라니까. 애초에 30대 남자와 30대 여자는 바라는 니즈가 다르다. 수요와 공급이 맞지 않으니까, 나이가 들수록 더 이성을 만나기가 힘들어진다. 20대에 자기관리 잘 된 예쁜 여자들이나 30대에 능력 있는 남자들은 연애도 결혼도 쉽다. 본인이 마음만 먹으면 된다. 마음먹는 게 일이지.

　연애도 하고 싶고 결혼도 하고 싶은 대한민국 30대 남자, 여자분들! 내가 원하는 사람과의 결혼 가능성은 시간이 지날수록 낮아진다. 그렇다고 무작정 눈을 낮추고 현실에 맞춰서 이성을 만나라는 게 아니다. 일단 처지를 바꿔서 생각해보자. 내가 만나고자 하는 사람이 나를 만나고 싶을까? 외모, 능력, 어떤 부분이든 나를 끌어올릴 수 있는 부분을 끌어올리고 상대방에 대해서는 무슨 대출 심사하듯 너무 재고 따지지 말자. 이왕 늦어진 거 다 따져서 할 거라면, 아니, 그럼 그냥 못해. 내 것은 아무것도 내어주지 않으려고 하고 상대방의 좋은 것만 다 취하고 싶다면 결혼을 한다고 해도 행복하지 않을 거다. 이혼할 생각하고 결혼하는 거 아니잖아.

그리고 뭐라도 해라. 소개팅도 하고, 결혼정보회사에 가입해서 매니저 관리도 받고. 혼자 "나는 이런 사람 만날 거야." "이런 사람 아니면 안 돼!" 꿈만 꾸지 말고. 그건 그냥 꿈입니다, 꿈. 깨어나야지. 현실을 살아야지. 그리고 상대방을 재고 따지는 잣대는 좀 더 유연하게 가져라. 나도 상대방이 봤을 때 뭐, 그렇게 대단하지 않다. 좋은 인연을 만나기 위해 나부터 좋은 사람이 되면 그런 사람은 반드시 나타난다.

모두의 지인

- 연애결혼 -

For 여자

1

남자들이 좋아하는 진짜 예쁜 여자

사실 예쁘다는 건 굉장히 주관적이다. "남자는 어차피 다 예쁜 여자만 좋아하지."라고 하지만, 그 예쁨이라는 게 생각보다 되게 다양하다는 거. 남자들이 보는 기준? 선호사항? 개인 취향에 약간 호감형? 이 정도만 되어도 호불호가 갈리기 때문인데, 물론 안 예쁜 건 거의 비슷하다. 정확히 말하면 못생긴 건 다들 한입으로 말한다. 지금부터 말하는 건, 그냥 예쁜 거에 관해서만 이야기한다기보다 외모 포함, 전반적으로 남자들이 생각하는 예쁜 여자에 관해서다.

1. 외모

일단 얼굴. 이게 1번인 건 어쩔 수 없다. 하지만 남자, 여자 보는 눈은 차이가 있지. 남자와 여자의 가장 큰 차이는, 여자들은 여자 외모에 관해 이야기할 때 특히 여자들끼리 하는 말을 들어보면, "걔는 살 빠지면 정말 예쁜 얼굴이야." "근데 너 코는 진짜 예쁘잖아." "넌 뜯어보면 하나하나 다 예쁜데…." 이런 말을 참 많이 한다는 거다.

남자들은 여자 얼굴을 볼 때 그냥 예쁘면 예쁜 거지, 여자 얼굴을 하나하나 뜯어보지 않는다. 일단 전반적으로 예쁜 느낌이면, "걔는 코가 정말 예뻐." "우와, 속눈썹이 정말 기네." "예쁜데 코가 특히 예쁘다!"인 거지, "다른 건 아닌데, 코는 예뻐"가 아니라는 거다. 남자들은 그냥 별로라고 생각하는 외모면 그 후 디테일은 애초에 관심이 없다. 결론은 남자가 "얼굴이 예쁘다"라고 하는 건 그냥 전체적으로 예쁜 분위기가 나면 예쁜 여자라는 거다.

2. 몸매

이것도 외모이기 때문에 철저히 주관적일 수밖에 없다. 하지만 그 주관을 막론하고 남자가 봤을 때 "오, 예쁘다!"라고 생각하는 여자 몸매는 바로 선! 목선, 어깨선, 가슴선, 허리선, 골반 라인…. 남자들에게는 없는 그런 라인. "남자들은 너무 마른 여자 싫어한다!"라는 말을 하는데, 그건 어느 정도의 볼륨감은 있어야 한다는 거지, 뚱뚱한 여자를 좋아한다는 건 아니다. 가끔 뚱뚱한 여성을 좋아하는 남자들이 있긴 하지만 극히 드문 경우이고, '육덕'의 뭔가 그녀들만의 그 라인을 좋아하는 거지, 고도비만을 좋아하는 건 아니다. 근데 이 부분은 한국 여성들이 자신에게 너무 야박한 경우가 많아서 일단 한국 기준 BMI 표준범위 내로 생각하면 될 것 같다.

마른 여자가 좋다고 하는 남자들은 BMI 표준범위 내에서 저체중에 가까운 쪽에 있는 여성을 선호하는 거고, "나는 건강미! 글래머러스가 좋다!"라고 하는 남자들은, BMI 표준범위 내에서 과체중에 가까운 쪽에 있는 여성을 선호하는 것. 근데 이건 꼭 남자에게 예쁜 여자로 보이기 위한 걸 떠나서 본인의 건강을 위해서 건

강하게 체중 관리는 했으면 좋겠다.

3. 아우라 = 분위기

얼굴도 평범하고 몸매도 평범한데 남자들이 "걔 정도면 예쁘지"라고 말하거나 크게 미인은 아닌데 호불호 없이 남자들에게 인기 많은 여자가 있다. 그런 여성들이 꼭 가지고 있는 게 바로 이 '분.위.기.' 물론 얼굴, 몸매가 되는데, 이런 분위기까지 있으면 그게 바로 '아.우.라.' '존예 여신 포스'인 거고. 그게 아니더라도 크게 미인이 아닌데도 여자인 내가 봐도 예쁨이 느껴지는 여자들이 있다. 바로 빛이 나는 여자! = 환~한 여자. 밝은 여성. 웃는 상이라는 말이 그냥 나오는 말이 아니다. 조증 노노! 경박하고 시끄럽고 가벼운 여자 아니고, 항상 밝고 긍정적이고 여유 있는 여자들은 넘사벽의 그 아우라가 있다. 그냥 보고 있으면 내가 미소가 지어지는 밝음. 내면에서 나오는 빛이라는 게 이런 거 아닐까? 단언컨대, 이 분위기 하나로 얼굴, 몸매가 다 되더라도 늘 우울하고, 대접받으려고 하고, 늘 짜증이 섞여 있고 주변 사람들 지치게 하는 얼굴, 몸매 다 좋아도 그런 성격의 여성들은 이런 아우라로 압도할 수 있다.

모든 여자가 예쁜 여자가 되고 싶어 한다. 이건 당연한 거다. 하지만 외모에 대한 집착으로는 절대 예쁜 여자는 될 수 없다. 남자가 어떻게 보느냐에 상관없이 그냥 외모, 몸매 이걸 넘어서서 평소 내가 쓰는 말투, 평소 내가 하는 생각, 이걸 한번 생각해보길 바란다. 이게 진짜 내공이지. 겉모습 다 필요 없고 마음만 가꾸면 된다? 이게 아니라 외면 가꾸기는 당연히 중요하다. 보이는 게 당연히 중요한 부분이고 다다익선인 거지. 하지만! 열등감, 내면에 부정적인 감정, 보이기 위한 꾸밈, 그런 건 내면을 망치는 거니까 겉껍데기만 예뻐 봤자 결국, 크게 의미가 없다는 거다. 남자들도 그런 여자는 질린다. 예쁜 건 봐도 봐도 질리지 않아야 그게 진짜 예쁜 거.

결론: 진짜 예쁜 여자가 되는 방법

1. 전체적인 외모 관리

이건 기본적인 자기관리, 내가 가진 피지컬에서 최상을 뽑아내기 위한 노력. 스트레스받으면서 하는 거 No, No!

2. 내면에서 나오는 빛

긍정성. 여유. 친절함. 높은 자존감. 밝은 에너지. 이런 여성이라면 얼굴만 예쁜 여자들과는 감히 그 급이 다른 여성이 될 수 있다. 예쁨보다 더 위 단계, 정말 아름다운 여성이 되기를 바란다.

2

남자가 심쿵 하는 여자 행동

남자 꼬시는 방법. 남자에게 굳이 이렇게 해야 하나요? 이런 생각을 하고 있다면 애초에 연애 관련 서적과 미디어를 찾아볼 이유가 없다. 이성에게 좀 더 매력적으로 어필할 방법이 궁금한 여성들을 위한 Tip!

앞으로 10가지 정도를 얘기할 텐데, 남자나 여자나 내가 싫어하는 이성이 하는 행동에 심쿵? 설렘? 하지 않는다. ★최소기준★은 아무 감정 없는 정도는 되어야 한다. 여성 심리학도 있고 아동심리학도 있는데, 남성

심리학은 따로 없다. 물론 기본 심리학 자체가 남성만을 위한 거라고도 하지만 우스갯소리로 남성 심리학이 따로 없는 이유는 아동심리학과 같기 때문이라고. 그러니까 여성분들은 내가 좋아하는 그 남자가 아무리 멋지고 터프하고 그런 스타일이라도 평소 그 내면은 어린애라는 걸 항상 베이스에 깔아두면 편하다. 하지만 절대 대놓고 티 내면 안 됨!

일단 '남자는 어린애다'라고 생각해보면 남자들이 좋아하는 건, 첫째, 리액션. 둘째, 칭찬. 이게 기본사항이다.

첫째, 리액션. 억지스러운 건 안 된다. 유머 감각 있는 남자들이 드립을 칠 때 웃기려고 치는 게 있고, 그냥 막 던지는 게 있는데, 그걸 파악해서 반응해줘야 한다. 그냥 막 던진 건데 오바해서 리액션하면, '아, 뭐야.'라고 생각하는 거지. 리액션을 할 때는 돈을 받고 하는 방청객 모드가 아닌, 포인트를 잘 잡아서 적절한 반응을 해줘야 한다.

둘째, 칭찬. 일명 우쭈쭈. 오구오구, 그랬어? 이런 거 아니고 분명 그 내면은 어린아이지만 어른처럼 대해줘야 한다. 실제 남자아기들한테도 '형아' 대하듯 해야지, 애 취급하면 큰일 나지. 우와, 이런 것도 할 줄 알아? 우와, 오빠 이런 곳도 알아? 우와, 오빠 대박. 진짜 잘한다. 남자친구가 어떻게 하면 좋아할까요? 남자친구가 좋아하는 모습을 보고 싶다면 칭찬을 자주 해주면된다. 내 남자 기는 내가 살려 주는 것! 우쭐하게 해주자. 이건 심쿵 하는 포인트라기보다 칭찬받는 건 대부분 남자가 좋아하니까 기본으로 해주면 좋다. 기죽이고자존심 상하게 하고, 아무 반응 안 해주고 그러면 안 돼요~.

셋째, 머리를 넘기거나 머리 묶을 때 보이는 목선. 남자들이 좋아하는 예쁜 여자 외모 중 하나가 여자만의 선이라고 했는데, 그중에서 여성이 목선을 노출할 때남자가 심쿵 하는 이유는 진화심리학에서 찾아볼 수 있다. 인간이든 동물이든 목이 가장 약점이기 때문에 여성이 남성에게 목선을 노출하는 것은 내 약점도 너한텐 스스럼없이 보여줄 수 있어, 이런 느낌을 줘서 신뢰감을 줄 수 있다나? 또 지켜주고 싶어 하는 남자의 심리도 자극할 수 있어서…. 하여튼 목선 노출이 섹시하게 느껴지는 이유다.

넷째, 팔짱. 심각하게 달라붙어서 접촉하라! 그것도 물론 쿵 하겠지만 좀 여우 짓처럼 보일 수도 있으니까 소매를 슬쩍 잡는다거나 팔을 살짝 감거나 그런 신체적 접촉을 슬쩍 가깝게 하게 되면 심.쿵.

다섯째, 눈웃음. 헤프게 막 아무 데나 모두에게 웃어주는 거 말고, 나를 쳐다보면서 쌩글쌩글 한 거. 실제 내 친구 중에 거울을 보며 매일 눈웃음을 연습하던 친구가 있는데, 당시엔 너 뭐하냐? 했었는데 연습하더니 되더라. 암튼 예쁘게 웃는 건 다들 좋아한다. 무조건.

여섯째, 옷매무새 챙겨주기. 흐트러진 옷깃을 잡아주거나 먼지 같은 것을 떼줄 때, 특히 패션에 신경 쓰는 남자들은 본인이 이미 알고 있다. 알고는 있지만 신경 쓰지 못한 걸 여자가 챙겨줄 때 '헛!' 심쿵! 실오라기 나와 있는 걸 잘라준다거나…. 이런 디테일은 사실 끝이 없지만, 암튼 알지만 깔끔하게 잘 못 하는 것들을 여자가 챙겨줄 때, 그럴 때 심쿵 하지.

일곱째, 물티슈, 알콜스왑 챙겨 다니기. 생각보다 물
티슈를 챙겨 다니는 여자들이 많이 없다. 나는 평소 극
성맞게 깔끔 떠는 성격이라 물티슈와 알콜스왑, 휴대
용 손소독제를 늘 챙기고 다니는데, 여자친구들한테도
"너, 그런 것도 챙겨 다녀?"라는 말을 듣는다. 너무 깔
끔 떠는 여자로 볼 수도 있지만, 대부분은 세심하고 여
성스럽게 보는 것 같다. 그리고 알콜스왑은 한 번씩 주
변 사람들 휴대폰을 닦아주는데, 아무도 싫어하진 않으
니까 내가 관심 있는 사람이 있다면 함께하는 자리에서
자연스럽게 이런 걸 해주면 흠칫하게 할 수 있는 포인
트가 될지도.

지금부터가 진짜다. 여덟째, 남자를 당황하게 한다.
기분 좋게 당황하게 시키기! 보통 여자들은 남자의 연
락을 기다리는 경우가 많지만, 남자들은 호감이 있는
여자에게 '아, 어떻게 연락하지?' 이러고 있는 경우가
대부분이다. 그렇다면, 역으로 여자가 먼저 연락이 온
다?! 뜬금없이 전화가 온다? 중요한 일 하고 있거나 바

쁜 상황일 수도 있지만, 분명히 색다르긴 할 거다.

여기서 더 나아가서, 그 남자도 나를 나쁘지 않게 생각하는 정도의 사이라면, 그 남자가 덥석 잡기만 하면 되는 여지를 먼저 주는 거다. "나, 오늘 거기 근처 가는데, 오늘 저녁에 약속 있어?" 처지를 바꿔서 생각을 해보면, 내가 상대방이 엄청 좋진 않더라도 나쁘지 않다면, 나에게 "오늘 시간 돼?"라고 선공을 하면? "어? 그래…." 하게 된다. 심쿵 할 수 있지.

그리고 가장 큰 당황. 밥 사기! 보통 남녀가 이성으로 만나면 남자들이 밥을 사는 분위기로 흘러가는데, 굳이 그런 생각을 하진 않았지만 그래도 아직 남자들이 계산하는 경우가 많다. 그때 그냥 계산하자. 그런 여자가 일단 잘 없다. 그 얼마 안 되는 내가 먹은 밥값을 내고, 그 여자는 다른 여자들과는 다른 여자로 승격하게 된다.

진짜 어릴 때 20대 초반에 당시 친했던 남자친구들에게 밥이나 술을 자주 샀는데, 지금도 가끔 나오는 얘기가, "우리 그때 다 같이 술 마실 때 지인이가 계산했잖아." 사실 그 당시 얼마 나오지도 않았다. 물론 학생 신분으로 적은 돈은 아니었지만, 그 몇만 원에 세상 멋

있는 여자로 친구들에게 기억을 남겼고 지금 그때 친구들을 만나면, "우리 지인이한테 많이 얻어먹었지." 하면서 친구들이 다 사준다. 이제 본인들이 다 능력 있으니까.

그렇게 정말 얼마 안 되는 거에 다 똑같은 여자에서 좀 다른 여자가 될 수 있는 거다. 근데 반대로, 밥도 얻어먹고 카페를 갔는데 계산할 생각이 1도 없는 여자?! 카드 꺼낼 생각도 안 하고 그냥 가만히 있는, 모션도 안 취하는 여자. 남자가 진짜 좋아하거나 예의를 차린다면 다 사주긴 하겠지만…, 별로지. 그렇고 그런 비슷한 여자일 뿐. 그냥 그렇고 그런 비슷한 여자인 거지.

아홉째, 운전 잘하는 여자. 이건 옵션이긴 한데, 내 남동생이 하는 말이, "운전 잘하는 여자는 예쁜 여자급이다, 희박하다"라고 했다. 어릴 때 남자친구가 친구들이랑 술 마실 때 데리러 많이 갔었는데, 그냥 내가 보고 싶어서 간 건데 굉장히 좋아했었다. 물론 남자친구 친구들도 남자친구를 다르게 봄. "오, 대박!" 맨날 얻어타고 다니지만 말고 한번 태워줘 보자.

열째, 반전매력. 이건 남녀 모두 해당하는 거다. 사람들은 자신만의 고유한 이미지라는 게 있는데, 그 이미지에 맞지 않는, 전혀 다른 생각하지도 못한 취미나 특기를 보게 되면 심쿵 하지. 예를 들어, 정말 청순하고 조용하고, 여리여리한 여자가 알고 보니 축덕이야. 축구를 진짜 좋아해. 매력 있지. 또 다른 예. 우리가 연예인을 볼 때 약간 어리바리해 보이고 백치 같은 이미지였는데, 성적이 우수했고 외국어 실력이 유창하거나, 몸이 약해 보였는데 아육대에서 실력을 뽐뽐하거나 하면 심쿵!

생긴 대로 행동하면 누구나 다 아는 이미지이기 때문에 별로 크게 매력으로 와닿지 않는다. 좋은 것도 "역시 그렇구나." 하는 정도인데, 본인이 가진 이미지에서 전혀 다른 반전매력. 이건 다양하게 있을 수 있으니 반전매력을 나타낼 수 있는 취미를 한번 가져보면 좋을 듯하다.

그리고 마지막 대한민국 남자들에게 통하는 프리패스 심쿵. "오.빠~."

3

결혼하기 전 반드시 생각해봐야 할 문제
– 결혼할 남자 고르는 법

"이런 남자랑 절대 결혼하면 안 된다!" 정해진 게 있나요? 이 질문을 자주 받는데, 얼핏 남자, 여자 비슷한 거 아니냐 할 수도 있지만, 남자랑 여자는 서로를 대할 때 성향 차이가 있으므로 비슷하지만, 차이점이 있다.

우선 '이런 행동 하는 남자 걸러라.''이런 남자는 만나지 마라.' 이런 걸 말하려고 하는 건 아니다. 다른 누군가에겐 중요한 점이지만 나에겐 별 상관없을 수도 있고, 나는 받아들일 수 없지만 다른 사람은 크게 문제 되지 않을 수 있는 부분이 다 다르니까.

특정 이슈를 떠나서 어떤 이유 불문 무조건 걸러야 하는 남자는 모두가 다 알고 있다. 남자는 입이 걸고 손이 가벼우면 바로 손절해야지. 이건 두 번 기회 줄 필요가 없다. 이걸 커버할 수 있는 건 어떤 것도 없다. 사람은 바뀌지 않는다. "평소에는 사랑해주는데 한 번씩 욕을 하고 때려요. 절 정말 사랑하는데…. 평소에는 정말 잘해주거든요." 하, 평생 맞으면서 살고 싶지 않으면 제발 빨리 정신 차려라. 한 번이라도 나에게 심한 욕설을 퍼부었거나 손찌검을 하는 남자라면 바로 정리해야 한다. 지금이 제일 빠르니까. 그리고 매사에 엄마의 허락이 필요한 마마보이도 바로 아웃! 그냥 이건 기본인 거고.

우리가 보통 이런 남자 피해라! 하는 얘기를 할 때 카푸어 만나지 마라, 술 좋아하는 남자는 안 된다, 친구 좋아하는 남자는 평생 힘들다, 이런 말들을 하는데, 아니, 만나도 된다. 본인이랑 성향이 맞으면! 안 좋다고 하는 게 일반적인 기준이라는 거지. 케이스 바이 케이스니까.

여자가 욜로 스타일이라 인생 폼나게 살고 싶다, 월세 살더라도 좋은 차 타고 살고 싶다, 하는 여자면 경제 관념 철저하고 진짜 알뜰하고 이런 남자랑 더 맞지 않는다. 본인이 술을 좋아하는 여자면 남자가 술 한 방울도 못 하면 그게 더 안 맞지. 내가 나다니는 거 좋아하는 여자면 집돌이, 완전 가정적인 남자랑은 안 맞을 수도 있는 거다. 앞에서 말했던, 입 걸고, 손 가볍고, 마마보이가 아니라면 각자 맞고 안 맞고는 성향 차이니까, 무조건 성실하고, 경제관념 있고, 술 담배 안 하고, 이런 남자를 만나야 한다고 하는 건 아니라고 생각한다. 그런 반듯한 남자가 전혀 다른 성향의 여자 만나봐. 그 남자는 무슨 죄야.

그래서 진짜 걸러야 하는 남자는 어떤 남자냐~? 여자들이 보통 지금 만나는 남자랑 결혼에 대해 생각을 하다 보면 이것도 괜찮고, 아 이것도 괜찮고, 음…, 이것도 괜찮은데…, 이거 하나만! 진짜 이것만 좀 고치면 좋겠다! 이것만 고치면 진짜 결혼해도 될 것 같은데…!! 하는 남자랑은 결혼하면 안 된다. 결혼하기 전에 딱 하나 작게 보였던 내가 생각하는 단점이, 결혼하면 그 작은 단점이 빙산의 일각으로 드러나게 된다. 그거에 죽어나는 거다. 물론 단점이 없는 사람은 없다. 여기서 말하는 단점이란 내가 생각했을 때 도저히 받아들이기 힘든 부분, 내 눈에 단점이라는 걸 말하는 거다.

처음에 말했듯, 도저히 참을 수 없는 어떤 점이란 건 사람마다 다르다. 예를 들면, 남자친구가 다 좋은데, 너무 짠돌이다? 난 그게 못 견딜 만큼 힘들다? 원래 알뜰한 여자라면 그게 단점으로 보이지 않으니 상관이 없다. 하지만 내가 이거 하나는 진짜 문제야! 하고 생각하는 게 바로 남자의 열리지 않는 지갑이다! 그렇게 느낀 남자랑 결혼하게 되면, 말라 죽는다. 삶이 초라하게 느껴지게 될 거다. 짠돌이를 욕하는 게 아니라, 알뜰하게 소비해서 투자하거나 집 장만을 위해서 준비한다거나 장점도 많으니 내가 그 점이 맞냐, 안 맞냐의 문제라는 것.

두 번째 예. 다 좋은데, 시댁의 관심이 과해서 힘들 것 같다? 하는 사람과 결혼하면 그게 이혼 사유가 될 수 있다는 거다. 시댁이 챙겨주는 걸 좋아하는 사람도 있다. 하지만 내가 그걸 못 견디는 여자라면 그 점이 바로 결혼 전에 빙산의 일각을 하고 있다가 결혼 후 그 빙

하가 전부 드러나게 될 거다.

 그럼 어떤 남자랑 결혼해야 하냐면~? 내가 이 남자랑 결혼에 대해 생각을 했을 때 이것도 괜찮고, 이것도 괜찮고. 아, 이것도 괜찮은데. 다 괜찮은데, 크게 남자로서 확 끌리는 매력은, 모르겠다. 이런 남자랑 결혼해야 한다. 뭔 개소리냐 싶겠지만, 내가 확 끌리는 미친 매력을 갖지 못했음에도 불구하고, 이것도 괜찮고, 이것도 괜찮고, 다 괜찮다는 건 내가 꽂히는 단점이 딱히 없다는 거다.
 내가 미친 듯이 사랑하지 않아도 딱히 단점을 찾을 수 없었다는 건 적어도 그 사람이 나를 사랑하는 마음이나 마음이 따뜻한 남자라는 건 포함이 된 거니까. 여기서 남자와 여자의 차이가 있는 게, 보통 커플이 시작할 때 남자가 적극적으로 대시해서 여자는 크게 불타오르지 않았지만, 나를 좋아해주고 나쁘지 않네, 이렇게 시작하는 커플이 많은데, 그런 커플들 나중에 보면 어떤가? 상황이 역전되는 경우가 대부분이다. 일단 사귐이 가능했다는 건 여자가 남자를 괜찮게 생각했다는 건데, 그런 나쁘지 않은, 괜찮은 남자가 나를 계속 좋아해주고 따뜻한 마음으로 지켜봐주면 여자는 그런 남자한테 마음을 열게 되어 있다. 그렇게 조금씩 조금씩 더 좋아지면서 좋아하는 마음이 커질 수 있다는 거다.

여자가 남편을 미친 듯이 사랑하진 않아도 기본적으로 남자는 정복욕이라는 게 있고, '내 여자는 내가 지켜줘야 한다'라는 마음이 있기 때문에 평생 이렇게 살아간다고 해도 여자의 처지에서 두근두근하고 불타오르지는 않을 수 있지만, 여자는 그런 사랑을 계속 받다 보면 마음이 열리고 그 남자에게 모성애도 생기게 된다. 좋은 남자이고 내 신랑이니까. 그러면 여자는 거기서 행복과 안정감을 느끼고 이 가정은 평화롭게 살아가진다.

여기서 자칫 오해하면 '별로 좋아하지 않지만 조건만 좋으면 된다.' 이 말로 오해할 수 있는데, 당연히 그런 말이 아니다. 사람마다 각자 자기가 싫어하는 것들이 있다. 그런 내가 싫어하는 단점을 가진 남자라면, 좋은 점들이 많다고 해도 그 확실한 단점이 나중에 크게 문제가 된다. 반드시. 그게 아니면 비록 단점이 많이 보이지만 너무너무 사랑해서 사랑으로 다 품어줄 수 있는 사람이라면 그건 괜찮다. 그 마음이 평생 갈지는 모르겠지만 그건 그래도 본인이 열렬히 사랑해서 선택한 거니까, 뭐.

But! 딱! 이것만! 이것만 고치면! 이 마음으로 결혼하면 망한다. 진짜. 내가 좋아하는 행동을 하는 사람과 연인으로 시작할 수 있지만, 싫어하는 행동을 함으로써 그 관계는 끝나는 거다. 결혼은 환상이 아닌 현실이고, 내가 싫어하는 그 행동을 평생을 보고 살아야 한다. 눈 가리고 아웅 할 수 없는 일이다. 내 눈에 장점이 많은 사람보다 내가 생각하는 큰 문제가 있는 단점은 없는 사람을 만나야, 그 관계가 오래도록 평화롭게 이어질 수 있다. 한순간의 선택이 평생을 좌우하는 게 결혼이다. 신중하게 생각해서 행복한 결혼생활을 할 수 있는 연인을 만나기를 바란다.

4

남자가 좋아하는지 아는 법,
나를 진짜 좋아하는지 궁금하다면

"썸남이 있는데요. 이 남자가 저를 좋아하는지 아닌지 너무 헷갈려요. 어떻게 확인할 수 있나요. 좀 알려주세요." 남자는 좋아하는 여자 헷갈리게 안 하는데…. 주변 친구 중에 답정녀들 꼭 한 명쯤 있을 거다. 자기 썸남이랑 스토리를 막 얘기해주는데, 누가 봐도 혼자 썸타고 있는 거. 남잔 전혀 관심 없는 것 같은데, 혼자 심각하게 썸남과의 얘기를 하는 친구들. "그 남자, 너한테 별로 관심 없는 것 같은데?" 이렇게 말해주면 그건 아니라고. 몰라, 뭐 때문인지 몰라도 그건 확실하게 자기한테 관심이 없는 건 절대 아니라고.

자, 썸타는 경우 포함, 사귀는 초반에 지금 만나고 있는 남자가 나를 좋아하는 게 맞나 이런 생각하는 여자들! 앞에서 말했던 것처럼 남자는 좋아하는 여자 절대 헷갈리게 하지 않지만, 헷갈리게 한 사람은 없지만, 헷갈린 사람은 있을 수도 있으니까 우리 여자친구들이 반드시 알아야 하는 '이 남자 정말 나를 좋아하는 게 맞아?'를 알아보자.

우선 먼저 알고 가야 할 점. 남자는 아무리 좋아하는 여자라도 시간이 지날수록 처음이랑은 당연히 다를 수밖에 없다. 이건 당연한 거니까 '변했어!'라기보다 익숙해진 거니까 크게 의미는 두지 않아야 한다. 그러니 처음에 보인 열정이 사라졌다고 해서 단정 짓지 말자!

그럼 이제 진짜 남자가 나를 진짜 좋아하는지 확인하는 방법! 연락할 때와 데이트할 때 각각 나눠서 설명할 텐데, 지금부터 말하는 방법으로 파악해보면 이 남자가 정말 나를 좋아하는지 아닌지 파악할 수 있을 거다.

첫째, 연락할 때. 남자 대부분이 관심 있는 여자에게 처음에는 다 다정하게 대해준다. 정말 좋아하는 여자든 아니든 적어도 연애 초반이나 썸을 타고 있는 사이라면 거의 모든 남자가 다정하다. 그러나 연락이 오는 그 멘트들이 차이가 있지.

A: 안녕. ㅋㅋ 혹시 내일 시간 되면 영화 보러 갈래? ㅋㅋ

B: 안녕~.^^ 혹시… 다음 주에 뭐해? 주말에 혹시 시간 되면 영화 보면 좋을 것 같은데. ○○ 진짜 재밌대~. ㅎㅎ

이 둘의 차이점은 바로 '뜻 모를 배려'이다. 남자는 여자를 좋아하면 카톡을 보낼 때부터 긴장을 한다. 원래 여자랑 말을 편하게 잘하고 좀 가볍게 받아치는 스타일의 남자라고 해도, 어쨌든 여자인 내가 호감이 있으니까 답장을 할 텐데, 이때 2차 확인을 할 수 있다. 남자는 좋아하는 여자한테 카톡이 오면 최대한 빨리 확인하고 고민을 해서 최대한 빨리 답장을 하려고 한다. 몇 분 내로 연락이 올 거다! 하고 단정 짓긴 좀 그렇지만, 지금 바쁜 일을 처리하고 있는 게 아니라면, ASAP('가능한 빨리' 라는 뜻의 영어 채팅 용어) 샤워 중에서 잠깐 물 닦고 확인하는 게 남자다. 회의, 수술, 재판 중이었다고 하더라도 그런 경우는 답변이 올 때 "나, ○○하느라고 이제 답해~." 그 이유를 말해줄 거다.

근데 그런 이유 없이 읽고 바로 답이 없거나 일한다고 핑계 댈 수도 있는데…, 뭔가 묘한 핑계… 그런 게 느껴지면 보통 맞다. 무슨 일이 있는 것도 아닌데, 1시간이 지났는데도 답장을 안 보낸다? 그 사람이 원래 카톡을 잘 안 한 사람이고 어쩌고, 그냥 너한테 별 관심 없는 거다. 물론 사람마다 조금씩 차이는 있지만, 아무리 바쁜 상황에서도 심지어 운전하면서라도 좋아하는 여자에게 연락이 왔다면 빨리 읽고, 빨리 대답하려고 하는 게 남자다. 좋아하는 여자가 연락이 오면 그렇게 될 수밖에 없다…. 원래 연락을 잘 안 하는 사람이다? 이건 핑계라는 거.

둘째, 데이트할 때 확인할 수 있다. 남자가 정말 관심이 있고 좋아하는 여자에게는 스스로 희생을 감수하면서 만난다. 이게 어떤 의미냐면, 사실 우리나라의 데이트 문화가 남자가 주도해야 한다거나 남자가 미리 어느 정도 데이트코스를 짜야 한다거나, 남자 처지에선 굉장히 번거로울 수 있는 상황들이 많은 게 사실이다. 데이트 장소 선정부터 어디 가서 뭘 먹을지, 이런 수고들이 아주 많은데, 정말 아무 준비 없이 아무 생각 없이 그냥 나온다? 대체 얼마나 원래 성격이 그렇게 계획이 없는 건지 몰라도 초반에 호감 있는 여자한테 NO 준비로 나오는 사람은 나는 솔직히 아직 못 봤다. 이건 그냥 변명의 여지가 딱히 없는 것 같다. 극히 일부는 있을 수 있겠지만. 그리고 만나서는 어린아이가 기분 좋아서 약간 안절부절못하면서 들떠 있는 그런 느낌도 있고, 좀 수고스럽지만, 좀 피곤하지만 버텨 내려고 하는 그런 점이 보일 거다. 반대로, 뭔가 집에 빨리 가고 싶어 한다거나 그다음 약속을 정해놓고 그쪽으로 가려고 한다거나, 이런 행동이 처음부터 나온다면 이건 100% 나한테 마음 없는 거다. 만나서 서로 익숙해지면서 조금씩 변해가는 건 당연한 일이지만, 처음부터 그렇게 행동을 하는 남자면 만나지 않는 게 낫다.

마지막! 데이트가 끝날 때 남자가 집에 데려다주고 싶어 하는 것과 귀찮아하는 모습을 보이는 걸 보면 명확하게 확인할 수 있다. 이때 오해하면 안 되는 점! 좋아하는 여자면 데려다주고, 그게 아니면 좋아하지 않는 거다! 절대 그 말이 아니라, 헤어짐을 아쉬워하느냐, 하지 않느냐 그걸 말하는 것. 차가 있고 없고 이건 크게 중요하지 않다. 차가 없어도 대중교통을 이용해서라도 같이 집까지, 아니면 근처까지 데려다주고 싶은 마음. 좋아하는 여자한테는 그런 마음이 당연하게 든다. 형편상 데려다주지 못해도 그런 마음이라도 든다는 거다. 차가 있지만, 심지어 데려다주더라도 가는 내내 덤덤한 표정, 어쩔 수 없이 나오는 한숨, 귀찮음, 정적…. 전혀 둘 사이에 떨림 없이 운전만 하거나 대화를 하더라도 큰 의미 없는, 그리고 정적…. 매너를 지켜서 집까지 데려다준 거지만 그 여자한테 큰 관심이 있는 건 아니다. 이런 경우는 주변 동성 친구들한테 상의할 필요도 없다. 괜히 친구들 귀찮게 하지 말고 정리하면 된다.

그리고 카톡 연락 바로바로 답 안 온다? 제발 정신 차려라. 진짜 바쁜 남자라서요. 다들 바쁘다. 수술하는 의사, 재판하는 판검사, 변호사 같은 특수상황 외엔 그냥 관심이 없는 거다. 혹은 연락이 오더라도 뭐, 그냥 볼래? (아니면 말고) 그런 식으로, 시간 되면 보자, 이

것 역시 마찬가지. 가끔 연락은 잘 안 하지만 만나서는 즐겁게 시간을 보내는 사람도 있긴 하지만.

1. 답장이 늦어도 너무 늦다.
2. 만나는 약속을 대충 시간 되면 정한다.
3. 헤어질 때 전혀 아쉬워하지 않는다.

이 셋 중에 2개 이상이면 그 남자랑 정리하길 바란다.

　주변 친구들 붙잡고 고민 상담하면서 친구들 귀찮게 하지 말고, 혼자 답정인 거지, 친구들은 이미 다 알고 있다. '쟤 왜 저래. 그 남자가 그렇게 좋은가?' 대놓고 말은 하긴 좀 그래서 말 안 하는 것뿐. 아니면 대놓고 말해줘도 안 듣겠지. "아니야. 이 남자 날 좋아하긴 하는데…. 진짜 성격이 어쩌고 어쩌고. 원래 연락 잘 안 하는 스타일이래. 어쩌고…" 정말 그런 성격이라고 하더라도 사귀고 난 후에 시간이 지날수록 그 성격이 나타날 순 있지만, 연애 초반이나 썸을 타는 사이에 벌써 그렇게 한다면 그건 그냥 그 여자한테 관심이 없는 것뿐, 성격 문제가 아니다.

　물론 사람마다 성격이 다 달라서 조금의 차이는 있을 수 있지만, 앞에서 말했던 그런 점들 발견했다면, 사실 보이잖아. 느껴지잖아. 나를 사랑하는지, 나를 좋아하는지, 아니면 날 갖고 노는 건지…. 모르고 싶겠지. 그만 속앓이하고 진짜 사랑할 수 있는 사람 만나기를 바란다. 나를 소중하게 생각하지 않는 사람과 어떻게든 이어 보려고 하는 건, 지금 내가 그 사람이 좋으니까 그 마음은 이해는 되지만, 내 청춘이고 내 시간이 너무 아깝다. 물론 그게 내 맘처럼 안 되는 거 다 알고 있다. 나도 그래 봤으니까.

그치만 어른들이 하는 말이 다 맞는 말이더라. 여자는 나를 훨씬 더 좋아해주는 남자 만나는 게 그게 진짜 좋은 거다. 남자 처지에서도 본인이 더 좋아하는 사람 만나는 게 더 좋고. 여자친구들, 날 정말 좋아해주는 진짜 괜찮은 남자에게 내 마음을 다 주는 찐 사랑하기를 바란다.

5

세상에는 네 종류의 여자가 있다

유튜버 오마르의 삶에서 '세상에는 네 종류의 남자가 있습니다'라는 영상을 보고 너무 재미있어서 이걸 여자 편으로 만들어보면 어떨까 하는 생각이 들었다.

오마르의 삶 영상에서 남자는,

1. 지가 잘생긴 걸 아는 남자

2. 지가 잘생긴 걸 모르는 남자

3. 지가 못생긴 걸 아는 남자

4. 지가 못생긴 걸 모르는 남자

이렇게 네 종류의 남자를 나타냈는데, 근데 이게 생각보다 쉽지가 않은 게, 남자들은 나름 단순하게 네 종류로 나눌 수 있었지만, 여자들은 그렇게 간단하지가 않다고나 할까.

우선 큰 틀로 나눠보자면 여자는,

1. 지가 예쁜 걸 아는 여자

2. 지가 예쁜 '줄' 아는 여자

3. 지가 못생긴 걸 아는 여자

4. 지가 못생긴 걸 모르는 여자

세부사항은 더 나뉘는데, 암튼 뭐로 나눠도 여자는 참 남자보다 복잡하다.

우선, 예쁜 여자. 시작부터 두 종류로 나뉜다. 1-1. 태생부터 예쁜 여자, 1-2. 후천적으로 예뻐진 여자. 이 둘은 큰 틀에서는 같은 예쁜 여자이지만 이후에 엄청난 차이를 보이게 된다. 자기가 예쁜데 예쁜 줄 모르는 여자. 사실 이 경우는 이런 여자는 없다고 봐도 된다. 남자들은 학창 시절 안경과 살로 가려진 채 자신이 잘생긴 걸 모를 수 있지만 살 빠지면 예쁠 여자? 다 스스로 자기가 살 빠지면 예뻐질 거라는 거 누구보다 잘 알고 있다. 심지어 살 빠져도 안 예쁠 여자들도 본인이 살 빠지면 예뻐질 거라고 착각한다.

그리고 남자와 다르게 추가되는 것이 '예쁘지 않은데 지가 예쁜 줄 아는 여자.' 이 영역이다. 이건 못생겼는데 지가 못생긴 줄 모르는 여자와는 다르다. 분명 못생기지 않았다. 평범보다 정말 조금 나은데 본인이 예쁜 줄 아는 거지. 쉽게 말하면 흔녀인데, 스스로 훈녀인 줄 아는 거. 그리고 그다음이 자기가 못생긴 걸 아는 여자. 자기가 못생긴 걸 모르는 여자.

첫째, 자기가 예쁜 걸 아는 여자. 남자들은 스스로 잘생긴 걸 너무 잘 알면 재수 없는 경우가 많지만, 예쁜 여자들은 그냥 가만히만 있어도 주변에서 시선이 오고, "너무 예뻐요." 이런 말을 들어도 "아니에요." 이 경우가 대부분이기 때문에 성격만 겸손해준다면, 겸손한 척이라도 해준다면 존재만으로도 찬양받는다. 일명 존예. 이 여성들은 20대 때는 기본이고 30대가 되어도 평범한 20대와의 경쟁에서는 충분히 우위에 있으므로 연애 시장에서는 늘 최고의 대접을 받을 수 있다.

근데, 그러면 태생부터 예쁜 여자이거나 후천적으로

예쁜 여자가 되었거나 똑같은 거 아냐? 얼핏 같아 보이지만 이 둘의 엄청난 차이는 이후에 나타난다. 태생부터 예쁜 친구들은 어릴 때부터 당연하게 대접받아왔지만, 남자들에게 호의를 당연하게 요구하지는 않는다. 물론 요구하지 않아도 당연했기 때문이기도 하지만, 나이가 들어감에 따라 원숙미가 생기고 그 나이에 어울리는 기품을 갖기 때문에, 어린 시절 누린 청춘들이 누리는 호사는 더는 내 것이 아닌, 어리고 예쁜 친구들한테 물려줘야 한다고 생각하고 있다. 작년 미스코리아 진이 올해 진에게 왕관을 물려주듯이. 물론 세월이 아쉽긴 하지만. 그리고 예쁜 여자를 미워하지 않는다.

그런데 후천적으로 예뻐진 친구들은 예뻐지기 전, 예뻐진 후에 삶의 차이가 엄청나다는 걸 몸소 경험했고, 그로 인해 그 대접과 호의를 더 누리고 싶어 한다. '이렇게 예쁜 나에게 그 정돈 당연한 거 아니야?' 이것도 20대 때는 괜찮다. 예쁘니까. 그런 얼빠진 생각을 다 오냐, 오냐 해주고 알아서 모셔준다. 하지만 30대 여자는 예쁘면 장땡이 아니다. 성격도 중요하다. 20대라는 풍파를 겪어 왔으면 적어도 기본적인 인격은 탑재하고 성장을 했어야지. 본인이 예쁘지만 30대가 넘어섰고, 연예인급의 핵존예가 아니라면 이제는 그렇게 철없이 굴 때는 아니란 걸 깨달아야 하는데, 태어날 때부터 누려온 호사가 아니기 때문에 그 기간이 충분하지 않았고 예뻐진 후에 삶이 너무나 달콤했기 때문에 끊임없이 받고 싶은 거다. 중독된 거지.

바로 여기서 평범한 남자에게 갑질이 시작된다. 마음은 이해하지만 그런 식이라면 지금 호의도 얼마 남지 않았다. 잠깐 누린 그 호사에 빠져 있다가는, 꿈꾸는 왕자님한테 시집도 못 가고, 나이 먹어감에 따라 자존감이 추락할 일만 남았다.

"결국, 남잔 어리고 예쁜 여자만 좋아해!! 나 너무 늙었어." 정신 차려! 네 얼굴은 지금도 충분히 예뻐. 예쁜 여자의 부류에 올라갔으면 이제 진짜 내면을 예쁘게 할 때다. 그러면 지금처럼 계속 대접받을 수 있다. 외모가 전부가 아니다. 외모는 시작일 뿐 마지막은 성격이라는 걸 꼭 명심하길 바란다.

둘째, 예쁘지 않은데 지가 예쁜 줄 아는 여자. 예쁜데, 지가 예쁜 줄 모르는 여자들 빼고, 이걸 넣은 건 이 영역에 포함된 여성이 전체 여성의 가장 많은 비율을 차지하기 때문이다. 지금 약간 묘하게 기분 나빠지려고 한다? 그럼 본인 여기에 해당할 가능성이 크다. 분명 못생긴 건 아니다. '솔직히 내 친구 중엔 내가 제일 낫지!' '다 뜯어고친 애들이랑 나랑 비교하면 안 되지!' '솔직히 나 정도 되면 예쁘지!'라고 생각한다면 여기에 포함된 게 확실하다.

이 영역의 여자는 남자를 볼 때 앞에 나온 예쁜 여자들처럼 대단한 남자를 찾지는 않는다. 물론 그런 남자들이 만나주지도 않고. 하지만 평범한 남자의 처지에서는 바로 이 영역에 있는 여성들이 본인은 개뿔 별것도 없으면서 남자 연봉, 차, 키… 다 보는 여자들이라는 게 문제다. 스스로 존예는 아니라고 하더라도 '그래도 나 좀 예쁘다'라고 생각하기 때문에 자기 기준에서 낮춰서 연애하거나 평범한 남자에게는 시집가고 싶어 하지 않아 하기 때문이다. 하지만 막상 만나는 남자들은 지극히 평범하고 시집도 평범하게 간다. 왜냐? 애초에 잘난 남자들은 이 여성들에게 관심이 없고, 가장 많은 개체 수의 평범한 남자들의 타깃이 되는 게 이 여성들이기 때문에, 나름 많은 남자를 만나 왔고, 비슷비슷한 남자들한테 대쉬도 많이 받으니까. 그래서 늘 2% 부족

하다고 생각하지만 나름대로 만족하면서 살아간다. 여기 해당하는 여자들은 딱히 문제는 없다. 본인 기준으로 평범한 남자들을 무시하지만 않는다면 계속 지금처럼 자신감을 지니고 살면 된다.

셋째, 본인이 못생긴 걸 또는 예쁘지 않은 걸 아는 여자. 이 경우도 두 종류로 나뉜다. 3-1. 스스로 못생긴 걸 알고 노력하는 유형, 3-2. 스스로 못생긴 걸 알지만 노력해도 안 된다고 생각하고 의지도 없고 자존감 낮은 유형.

3-1. 스스로 못생긴 걸 알고 노력하는 유형. 여자들은 우선 다이어트, 성형, 시술, 화장 등으로 남자의 눈을 어느 정도 속이는 게 가능하다. 성형하고 시술을 하면 후천적으로 예쁜 여자에 들어가야 하는 거 아니냐 싶겠지만, 안타깝게도 성형 미인도 아무나 되는 게 아니다. 암튼 이 영역에 있는 여성들이 외모에 집착하는 케이스로 잘못 변해가지만 않는다면, 이 부류의 여성들이 유머 감각도 있고 성격도 좋은 사람들이 많아서 남사친도 많은 경우가 많고, 여기 나름 괜찮다. 사실 어차피 타고난 엘프는 얼마 없다. 지금 스스로 충분히 노

력하고 있고, 열심히 살고 있으므로 열등감을 느끼지 말고 즐겁게 살면 된다.

3-2. 스스로 못생긴 걸 알지만 노력해도 안 된다고 생각하고 의지도 없고 자존감 낮은 유형. 이 친구들이 힘든 케이스다. 주변이 힘든 게 아니라 스스로 힘들다는 거다. '외모가 뭐가 대수야'라고 생각하고 탁 내려놓고 내면의 아름다움을 추구하면서 살아도 되고, 그렇게 생각하는 게 안 되면 노력하면 된다. 왜 안돼? 하면 다 된다! 누구라도 내 인생 행복하게 살 권리 있다. 부디 그 자존감 바닥 구렁텅이에서 빨리 나오기를 바란다.

아, 혹시 아직 내 이야기는 나오지 않았다? 그럴 리가.

6

남자친구가 있는 30대 여자들의 대착각과 대처 방법(팩폭주의)

친구가 전화로 연애 상담을 시작했다.

"근데 솔직히 걔랑 결혼까지 생각은 안 하거든. 걔랑 결혼은 아닌 것 같다고 생각해. 그리고 사실 결혼 자체를 크게 생각해본 적이 없는데, 난 지금 혼자 사는 게 정말 편하기도 하고 누구랑 같이 살면 너무 피곤할 것 같아."

"그럼 헤어져."

"아니 지금 당장 헤어지겠다는 게 아니라 결혼은 좀…."

그럼 그냥 즐겁게 연애하면 되지, 뭐가 그렇게 고민이 많은 걸까? 나는 결혼할 생각이 없는데 남자친구가 결혼하자고 할까 봐?

30대 연애하는 여자들이 하는 가장 큰 착각이 뭐냐면 지금 남자친구와의 미래를 내가 선택할 수 있다고 생각하는 거다. 물론 여자가 선택할 수도 있다. "나보다" 능력 없는, "나보다" 인기 없는 남자를 만나고 있는 여자라면! 하지만 나보다는 낫지만, 능력이 내가 원하는 만큼은 없는 혹은 나랑 비슷비슷한 사회적 지위와 능력치를 가진 남자를 만나고 있는 여자라면, 절대적으로 결혼에 대한 선택권은 남자에게 있다. 누가 봐도 능력 있고 인기 있는 남자는 말할 필요도 없고.

20대 초반 아직 결혼에 대해 생각이 없는 여자는, 결혼…, 음, 언젠가 하긴 하겠지만, 아직 급하지도 않고 주변의 압박이나 부담도 없다. 하지만 30대 여자들은 지금 연애가 그냥 이대로 끝나버리게 되면, 그나마 젊은 이 시기를 허무하게 날려버리는 건 아닌가 하는 생각이 들기 때문에, 아무나 만나기도 고민이 되고, 만나서도 조급한 마음이 들 수밖에 없는 거다. 한 사람과 오~래 연애를 하고 있는 여자라면 더 심할 거고. 만난 지 얼마 안 된 남자친구가 있다고 해도 조금만 지나면 위에 내 친구가 말한 것처럼 저런 망상에 빠지게 되는 거지. 나와 능력이 많이 차이 나게 떨어지거나 그랬으면 애초에 고민 없이 헤어졌겠지. 사실 친구가 말한 저 상황에서도 친구의 남친은 결혼 생각을 전혀 하고 있지 않을 수도 있고, 그 남자 역시 내 친구와 결혼은 아니라고 생각하고 있을 수도 있다. 아직 결혼하고 있지 않은 스스로 합리화하고 있을 뿐. 사실 결혼 자체를 할지 말지 모르겠다. 이 친구랑 결혼이 맞는 건지 모르겠다~.

그런 건 지금 만나는 남자가 결혼하자고 하면 그때부터 해도 늦지 않다. 왜냐? 결혼하자고 안 할 거니까. 혹시나 나에게 진심을 담아 프러포즈를 한다? 그럼 결혼할 거니까. 난 진짜 결혼 안 할 거다! 그런 마음이 드는 남자친구라면 나에게 결혼 얘기를 먼저 꺼내면 그때 당연히 거절할 수 있다. 아무리 우유부단해도 정말 싫은데 말을 못 할 리는 없다. 적어도 이 책을 읽는 수준의 사회적 생각이 있는 여성이라면. 그러므로 모든 결혼에 관한 고민은 그냥 합리화일 뿐이다. 이것만 인정하면 모든 연애가 편해질 수 있다. 괜한 걱정으로 혼자 밤잠 설치면 고민하지 않아도 된다.

사실 내가 이런 말을 할 수 있는 건 누구보다 이 과정들을 겪어왔기 때문인데, 20대 후반부터의 연애에서 나 역시 만나는 친구들과 한 번쯤 결혼 생각은 당연히 해봤고, 수많은 고민을 했었다. 그런데 결과는? 나는 아직 결혼하지 않았다. 결혼하자는 말을 듣고도 거절한 친구도 있었고, 이 남자랑 결혼해도 될까를 엄청나게 고민한 친구는 프러포즈도 받지 못하고 이별했다. 결론은 혼자 하는 그런 고민은 연애하는 동안 1도 도움될 게 없다는 거다. 나는 그냥 그들과 만나면서 즐겁게 연애만 했어도 됐는데…. 어차피 일어날 일들은 일어나고, 일어나지 않을 일들은 일어나지 않는다. 내가 주도해서 결혼에 대해 적극적으로 나서지 않을 거라면, 그냥 막연한 답 없는 고민을 하는 건 지금 관계에 도움도 되지 않을뿐더러 본인 자존감만 떨어지고 스트레스만 받는다.

그러니까 그러지 말라고. 지금 사랑할 때 사랑했으면 좋겠다. 지금이 30대 여성이라고 해서 너무 걱정하지 말고. 지금 만나는 사람과 결혼하게 되면 결혼해서 좋고, 결혼하지 않고 헤어지게 되더라도 더 좋은 사람 만나려고 그런 거니까, 나이 때문에 걱정 너무 하지 말고 혹시나 헤어지게 됐을 때 후회하지 않게 지금 예쁘게 연애하기를 바란다. 결국, 하고 싶은 대로 고민하고 나중에 나처럼 생각하겠지.

7

과연 내 눈높이는 어디쯤일까?
(현실 vs 이상)

결혼정보회사 대표로 회원들과 상담할 때 늘 물어보는 것이 이상형이다. 그때 스스로 눈이 낮다고 하는 사람들이 참 많다.

"음, 제가 눈이 막 높은 건 아니거든요. 그냥 평범하게 4년제 나와서 대기업이나 공기업 다니고, 저보다 연봉만 조금 더 높았으면 좋겠어요. 본인 소유 부동산 있으면 좋겠지만, 적어도 서울에 전셋집 정도는 해올 수 있으면 좋겠어요. 근데 제가 외모는 크게 보진 않아서 호감형이면 되고요. 비호감은 안 돼요! 그리고 키는 177 이상은 돼야 할 것 같아요."

눈이 낮다고? 그리고 여기서 결정타를 날린다. "제가 30대 중반인데, 나이 차이는 별로 안 보고 싶어요. 3살 연하부터 2살 연상까지면 저랑 잘 맞을 것 같아요! 그 이상은 좀….''

눈이 굉장히 높은 거다! 일단 30대 이상의 여성이 나이 차이를 적게 보고 싶다는 것을 빼더라도 대한민국에서 4년제 나와서 대기업이나 공기업을 다니고 연봉이 본인보다 높고 결혼 준비는 서울에서 전셋집 이상 마련할 수 있는 키 177 이상. 이게 절대 평범한 게 아닌데, 여기다가 30대 중반 이상의 여성이 나이 차이를 적게 보고 싶다. 연하를 만나고 싶다는 건 눈이 높아도 너무 높은 거다. 이 여성이 만나고자 하는 30대 중 후반 남성의 처지에서 생각해본다면, 아무래도 30대 후반의 남자들은 결혼하게 되면 출산 문제를 생각할 수밖에 없으므로 이왕이면 본인보다 조금 더 어린, 더 솔직히 말하면 30대 중반 남자라면 20대를 바라는 게 일반적인 마음이기 때문에 이게 수요와 공급상 서로 니즈가 전혀 맞지 않는다.

만약 외적 프로필이 좋은 30대 중후반 남자가 또래의 여자를 만나게 된다면, 그건 그 여자가 기본적으로 외모 관리가 아주 완벽히 잘 되어 있고 다른 프로필도 좋은 경우에 가능한 일이다. 한마디로 사연의 여자는 절대 눈이 낮지 않다.

그리고 남자의 경우다. 본인은 평범 그 자체인데, "저는 다른 건 크게 상관없고요. 그냥 대학교 나오면 되고, 집안은 노후준비만 되어 있으면 상관없고, 저는 여자 외모만 예쁘면 돼요! 그것만 봐요."

이 남자 눈이 낮은 걸까? 역시나 굉장히 높은 거다. 외모'만' 예쁘면 된다니…. 예전에 한 예능에서 신동엽 씨가 한 말인데, "여자가 예쁘면 3대 고시를 패스한 것과 같다"라는 말을 한 적이 있다. 물론 그 정도는 아니더라도 여성이 외모가 예쁘다는 건 그것만으로도 이미 스펙이 굉장히 좋은 것에 해당하기 때문에 외모가 예쁜 여자는 결코 평범한 남자를 만나고자 하지 않는다. 그래서 평범한 남자가 외모만 예쁜 여성을 원한다고 한 건 눈이 굉장히 높은 거다.

근데 이런 사례는 있을 수 있다. 프로필이 좋은 남자, 예를 들면 많은 여자가 선호하는 전문직 남자라고 치면, 전문 직군의 남자가 오직 외모만 예쁜 여자를 원한다고 하는 건 눈이 높은 건 아니다. 근데 본인이 직업은 전문직이지만 집안도 평범하고 외모도 그냥 평범한데, 외모가 예쁘고 집안도 좋은 여자를 찾는다고 하면 이런 경우에는 눈이 높은 게 되는 거다. 눈이 낮다는 것과 눈이 높다는 것의 기준은 본인 자신을 객관화했을 때 내가 가진 프로필보다 더 높은 사람을 찾는다고 하면 그건 눈이 높은 거라고 할 수 있다. 그 갭이 커지면 커질수록 내 눈이 더, 더 높은 거에 해당하는 거지. 스스로 눈이 낮다고 한다면 나 자신을 객관화했을 때 프로필상으로는 나보다 조금 낮은, 그 대신에 나는 좀 더 성품과 인간성을 보겠다는, 이런 경우에 내가 눈이 낮다고 할 수 있는 거다.

제발 좀 알아야 한다. 왜 자신을 객관화하지 않고 대체 어떤 기준으로 스스로 눈이 평범하다 또는 눈이 낮다고 생각을 하는 건지…. 할 말을 잃을 때가 많다. 그래서 결혼정보회사 상담을 하다가 현실적으로 이렇게 말을 하면 굉장히 당황해하시는 분들이 많은데, 말을 하지 않을 순 없다. 그게 사실인데, 어떡해. 언제까지 그렇게 꿈속에서만 있을 순 없지 않은가.

　나는 결혼정보회사 대표이고, 커플 매니저이다. 나의 회원분들이 최대한 빨리, 좋은 인연을 찾아서 결혼까지 이어질 수 있도록 그런 만남을 빨리빨리 진행해야 하는 게 나의 직업이다. 나의 회원분에게 진심으로 하는 조언이기 때문에 이 부분에 대해서 상처받지 않기를 바란다. 이 글을 읽는 독자들 역시 내가 혼을 내려는 게 아니다. 발전하려면, 나아가려면 현실을 먼저 인정해야 내디디고 한 걸음 나아갈 수 있다.

　그리고 또 다른 케이스는 본인의 이상형이 굉장히 확고한 사람들이 있다. 일단은 내가 눈이 높은 건 알겠고 하지만 나는 타협할 생각이 없다! 그렇다면 그 이상형의 맞춰서 나 자신을 더 끌어 올려야 한다. 본인은 현실에 머물러 있으면서 계속 이상만 높은 상태가 되면 그게 현실적으로 이루어지지도 않을뿐더러, 늘 불만이고 행복할 수도 없다. 어느 쪽을 선택하든 본인의 자유다. 이상향에 맞춰서 나의 프로필을 끌어올리거나 내 현실에 맞춰서 '아, 내가 이런 사람을 만나는 게 오히려 더 적당하구나'라는 걸 깨닫고 이상형을 타협하거나.

모든 것은 역지사지다. 내가 만나고자 하는 이상형이 나를 만나는 것이 정상인가? 그 이상형에게 나는 어떤 걸 줄 수 있는가?

8

남자친구 알아서 연락 오게 하는 방법

당신을 사랑하는 남자는 관리하지 않아도 되고,
당신을 사랑하지 않는 남자는 관리할 자격이 없습니다.
– 펑리위안

지금부터 남자친구 알아서 연락 오게 하는 방법에 대해 말할 텐데, 일단 여자친구들, 우선 평소 나의 연락을 남자친구가 어떻게 생각하는지 그걸 어느 정도는 알아야 한다. 늘 남자친구의 위치, 상황을 보고 받고 싶어 하는 건 연락 족쇄다. 그것부터 스스로 인지하고, 그러고 나서 내가 말하는 이 방법을 실행하길 바란다.

　남자친구가 알아서 연락 오는 방법은, 첫 번째, 이론, 두 번째, 실행 방법, 순서대로 할 텐데, 먼저 첫 번째, 이론 숙지. 대부분의 연락 문제로 예민한 여자들이 하는 남친과의 연락 패턴을 보면 일단 연락을 기다린다. 내내 기다리지.

　'일어났을 건데, 왜 연락이 없어?' '얼마나 바쁘길래 종일 연락이 없어?' '퇴근 시간 지났는데 왜 연락이 없어?' '아직 회식 중이야? 왜 연락이 없어?' '집에서 뭐 하냐? 왜 연락이 없어?' 특히 쉬는 날엔, '아직 쳐잔다고? 설마 일어났는데 연락 안 하는 거야?' '아, 왜 연락이 없어!!!' 내내 이러고 있다가 전화가 오면, "여보세요(인상 쓰며)?" "어, 어(짜증 섞인 대답)." 이러지. 왜 그럴까? 나도 20대 초반 저런 시절이 있었기 때문에 이해는 한다만, 이제부턴 저런 짓은 진짜 하지 말자. 연락을 기다리고, 짜증 내면서 받는 자신도 힘들고, 남자친구도 힘들다.

　이론 숙지. 첫 번째, 연락은 기다리는 게 아니라 저절로 오는 거다. 이게 전부 마인드 문제인데, 연락을 기다리고 있다는 건 뭐야? 연락이 안 오고 있다는 거다. 계속 기다리고 기다리면? 계속 안 와. 연락 안 오나? 안 오나? 안 오나? 그럼 뭐? 안 오지, 연락. 부정성은 부정성을 끌어당기기 때문에 연락은 더 안 올 뿐이다. 절대 연락 기다리지 마라. "그럼 제가 먼저 하나요?" 아니, 내내 연락하지 말 것. 그냥 먼저 연락하지 마! 제발 남친 좀 그냥 내버려둔다. 연락할 때 되면 할 거니까.

두 번째, 연락이 오면 항상 기쁘게 받는다. "여보세요. 어. 오빠~." 밝게! 기다리고 있었기 때문이 아니라 그냥 밝게! 좋잖아. 남자친구 연락 왔으니까.

세 번째, 그가 하는 말을 다 들어주고 적당히 통화하고 반드시 기분 좋게 끊어줄 것 꼭! "그럼 내내 5분씩만 통화하란 말인가요?" 일단 남자친구가 알아서 연락 오게 하는 패턴을 만드는 거다. 시키는 대로 연습할 것. 내 말 많이 하려고 하지 말고, 남자친구가 먼저 질문을 해주면 거기에 대해 어느 정도 말해도 되지만, 그것도 적당히 대답하자. 사실 남자친구가 그런 게 다 궁금해서 묻는 게 아니었을 거다. 그리고 대답 후엔 남자친구에게도 똑같이 질문해주고 남자친구의 그 말을 다 잘 들어줄 것. 그리고 뭔가 끊고 싶어 하는 그런 마무리 멘트가 오면 반드시 끝도 기분 좋게 끊어주는 거로 마무리. "응, 이제 출근 준비해." "응, 밥 맛있게 먹어." "응, 술 많이 마시지 말고." 심지어 당구를 치거나 PC 게임을 한다고 해도 "지면 연락하지도 마! 이기고 연락해."라고까지 할 수 있어야 한다.

이렇게 한 달만 제대로 할 수만 있다면 아무것도 안 해도 연락이 저절로 올 거다. 근데 말이 쉽지, 당연히 힘들 거다. 그러니까 연습해야지. 일단 이론을 반복 학습하고, 그다음, 제발 네 할 일 하세요.

하지만 신경 쓰이겠지. 솔직히 신경 안 쓸 수가 없지. 평소 늘 연락에 매여 있던 여자라면 가만히 마인드 컨트롤만으로는 절대 불가능하다. 사실 남자친구 연락 문제 신경이 안 쓰일 수 있는 건 별로 안 좋아하면 가능하다. 그런데 그게 아니니까 아무리 머리로 이론을 안다고 해도 엄청 짜증 날 수밖에 없다. 하지만 해야지! 딱 한 달만. 정말 길면 두 달까지만! 그대로 따라 해보자.

실행 방법 첫째, 남자친구한테 쿨한 척 연기하지 말 것! 내가 앞에서처럼 이론을 말해주면 가끔 쿨병이 도는 여자들이 있다. "오빠, 연락 안 해도 돼. 난 정말 괜찮으니까 오빠 편하게 연락하고 싶을 때 해. 정말 억지로 안 해도 돼." '난 다른 여자들이랑 달라!'를 어필하는 여자들이 있는데, 그럼 그 오빠가 처음에는 '어? 진짠가?' 하겠지만, 사실 정말 신경이 안 쓰이면 저런 말도 안 하지. 이렇게 좋은 여자 코스프레는 결국, 참다가 터진다. 참는 여자도 병이 나고 남자친구 처지에서는, "너가 연락 안 해도 된다고 했잖아? 난 시키는 대로 했는데!" 나중에 더 큰 폭풍이 다가오니까 굉장히 당황할 수밖에 없다. 그러니까 오버하지 마. 넌 쿨하지 않으니까.

쿨내 떨지 말고 그냥 아무 말도 하지 말고 제발 방생할 것. 남자친구 그냥 좀 냅둔다. 자유의지를 주는 거다. 네가 하지 말라 해서 안 하는 게 아니라 자기가 그냥 안 하는 거고, 자기가 그냥 하고 싶어서 하는 거다.

둘째, 대체재를 반드시 준비할 것. 최소 2명에서 3명! 더 많으면 많을수록 좋다. 네가 네 남자친구한테 꽂히는 연락을 다 털어낼 수 있는 친구. 솔직히 이게 남사친이면 더 좋은 데 없다면 너의 친남동생도 괜찮다. 대체재들에게 카톡 보내. "뭐해?" "밥 먹었냐." "야, 왜 연락이 없어?!!" 다 보내. 카톡으로. "대답해. 어디야? 너 왜 연락이 없냐?" 다 말해. 네가 남자친구한테 하고 싶은 그 말. 남자친구에게 연락하고 싶을 때마다 다 뿌려.

여자친구들한테도 연락하자. 일명 '한받이 무녀'인 친구가 필요한데, 이건 서로서로 해주면 제일 좋다. 일방적인 거 말고 서로 해주는 게 베스트다. 미리 서로에게 양해를 좀 구하고 서로한테 털 것. 전화도 괜찮고 톡도 괜찮다. 아주 그냥 말하고 싶을 때마다! 이게 최소 두 명 이상이어야 하는 게, 한 명한테 계속하게 되면 그 친구도 나가떨어질 수 있다. 듣다 듣다 친구까지 질려버리게 될 수도 있으니까, 여러 명한테 나누어서 그들에게 내내 다 털어댈 것. 반드시!

마인드 컨트롤만으론 절대로 안 돼. 무조건 다 털어야 해. 그 대체제들한테 너의 집착과 기다림, 올라올 때마다 다 털어내면서 남친에게는 앞에서 말한 이론대로 연락 먼저 하지 말고 방생. 자기가 연락하고 싶을 때 하고 생각 없거나, 뭐, 그럴 땐 자기 할 일 하도록 해줄 것. 그리고 연락이 오면 항상 밝게 받아주기. 너에게 다 얘기해주길 바라지도 말고, 그냥 남자친구가 하는 말을 따뜻하게 다 들어줄 것. 그리고 진심 어린 응원! 격려도 살짝씩만. 오버 떨지 말고. 그리고 끊을 때 반드시 기분 좋게 얼른 끊어줄 것.

이걸 한 달만 하잖아? 본인에게도 평온이 찾아올 거고 그 후에 남자친구는 수시로 연락이 오게 될 거다. 자기가 고민이 있거나 하고 싶은 말이 생기면 수시로 연락 와서 나에게 다 말할 거다. 그러면 나의 니즈가 채워지면서 앞에 대체재 친구들도 서서히 조금씩 정리가 되는 거다. 남자가 나에게 의지하게 되는 순간! 연락은 내내 오게 되는 것이다. 왜냐, 이런 여자가 없다. 만나본 적도 없고 들어본 적도 없다. 세상에서 본 적이 없는 이 멋진 여자가 내 여자친구인 거지. 남자 처지에서는 나를 인정해주는 여자, 나를 존중해주고 배려해준 여자, 이런 찐 멋진 여자친구가 하는 행동이 지속이 되면, 그러면 남자는 약간 불안해진다. '어? 왜 내 연락을 안 기다리지?' 왜냐하면, 이런 여자 놓치면 안 될 것 같거든.

세상에 둘도 없는 그 찐 멋진 여자친구! 너도 될 수 있어. 꼭 한 번쯤 성공해보길 바란다. 남자친구 연락이 잘 와서 좋은 게 아니라, 내 시간을 찾고 나 자신이 자유로워지면서 진정한 평화를 찾게 될 거니까.

P.S. 이렇게 두 달을 넘게 했는데도 먼저 연락이 오지 않는다면, 네 남자친구 다른 여자 있는 거야. 100%니까 정리해, 당장! 그런 놈한테 시간 쓰고 있지 말 것!

9

썸남, 썸녀에게 집착하지 않는 유일한 방법

　내가 더 좋아하는 썸남이 연락 오게 하는 법을 알려 달라는 질문을 많이 받았었다. 사실 썸남, 썸녀에게 집 착하지 않을 수 있는 유일한 방법은 썸타는 사람이 여 러 명이면 쉽게 가능한데…. 그게 아닌 평범한 만남에 서 처음 만났을 때부터 서로 불꽃이 파바박 튄 게 아니 라면, 이 썸을 어떻게 연인으로 이어 보고 싶은 마음이 드는 순간! 그 사람이 좋아지게 되면 그 사람한테 매이 게 되고, 연락을 바라게 되고, 집착하게 되기 때문에 이게 내가 원하는 대로 풀리기가 힘들다.

하지만 내 맘에 드는 썸남, 썸녀가 그냥 뚝딱 생기는 것도 아니고, 여러 명을 만나는 게 말이 쉽지. 그렇다면 우리가 집착하지 않으려면 마인드를 바꾸는 수밖에 없는데, 집착하면 안 된다는 거, 누가 몰라서 못 하나. 그래서 그나마 집착을 좀 덜 할 수 있는 그 마음가짐에 대해서 말해보려 한다.

친한 여자 동생이 썸남이 있는데, 사귀진 않고 썸이라고 하기에는 약간 모호한, 뭐, 그런 상태인데, 우리가 사귀지 않는데 마음을 뺏기면 사귀는 사이에도 비슷하긴 하다만 일단 누군가를 좋아하게 되면 집착을 하게 된다. 당연히 그 사람이 궁금해진다! 과거, 현재, 그 모든 게! 궁금하면 뒤지게 되지.

일단 SNS! 사실 모든 악의 근원은 SNS라고 해도 과언이 아니다. 퍼거슨이 괜히 SNS 하지 말라고 한 게 아니다. 특히 여자들이 조금 더 심한데, 뒤지고, 뒤지고, 모든 것을 타고, 타고 들어가서 단서를 잡지.

암튼 그 친한 여동생이 썸인 듯 만 듯한 그 남성의 SNS를 파헤치고 주변 여자를 뒤지면서, "봐, 언니. 역

시 이랬어!" "딴 여자가 있는 듯해!" "이 여자랑 ○○ 걸
했던 것 같아!" 이런 증거를 잡아서 나에게 말했다. 그
래서 내가 뭐라고 했냐면, "너, 지금 할 일 더럽게 없나
보구나." 했더니, 맞대. "언니, 나, 사실 할 일 없어.
할 일 없어서 그래, 언니." 하는 거야.

　그래서 내가 생각을 해봤지. 나도 그랬었던 시절이
분명 있었으니까. 나도 과거에 그 당시 내가 만나고 있
던 남자친구 전 여친의 과거 일상, 현재 내 남자친구와
만난 그 기간에, 그 전 여자친구의 그때 그 일상을 뒤
지거나, 아니면 현재 내가 썸을 타고 있는 남자가 있으
면, 그 썸남 주변 여자! 그것들의 모든 일상을 탐사했
었다. 혹시나 내 썸남을 만난 건 아닌지, 대단한 사건
수사라도 하듯이 막 혼자 추리를 하면서…. 그랬었던
게 떠오르면서 친한 여자 동생한테 얘기했다.

　"소라야, 너 혹시 작년에 나한테 누구 얘기했었던 거
기억해?" 작년에 딴 놈 얘기했었거든.

　"지금, 작년에 그때 막 고민 상담했던 그 남자애, 걔
지금 누구 만나는지, 누구랑 어디에 가는지 궁금해?"

　"아니. ㅋㅋㅋㅋㅋ"

　"그럼, 너 재작년에 나한테 누구 얘기했었는지 기억

해?"

"악ㅋㅋㅋㅋ 언니. ㅋㅋㅋㅋ"

자, 그럼 반대로 작년에 지금 내가 뒤지고 있는 그 썸남이 어떤 여자랑 만나서 뭘 하든 알 바 있었어? 아무 관심 없던 인간이었어. 존재하는지조차 모르는, 그냥 어딘가 살아갔던 생물이었겠지. 지금 네가 그 궁금해하는 그 뒷조사하고 있는 그 썸남의 다른 썸녀일지도 모르는 그 여자. 작년에 뭐 했을까? 알 게 뭐야? 내년에 너, 지금 그 썸남 얘기할까?

그냥 네가 지금 거기에 꽂힌 거야. 지금의 걔가 아니어도 딴 사람이었으면 또 딴 사람한테! 또 그 남자의 전 여자친구, 주변 여자를 파헤치고 있었겠지. 상대방이 문제도 아니고, 상대방이 누군지가 중요한 게 아니라는 거지. 지금 그 사람이 뭐길래, 흘러가면 없어질 내 시간을, 내 에너지를, 그 인간 뒤나 캐고 거기에 쓰고 있냐. 걔가 지금 나한테 엄청 중요한 사람이라서? 아니. 작년에 너한테 아무 의미 없는 사람이었어. 그리고 내년엔 넌 다른 사람한테 그러고 있을 거야. 너에겐 전혀 중요하지 않아. 네가 지금 집착하고 있는 그 사람, 과연 너의 오늘을 투자할 만큼의 사람일까? 아니면 그냥 내가 별다른 할 일이 없어서 하는, 지금 좀 새로워서, 설레는 그 누군가에 대한 그 집착의 대상이 그냥 그 사람인 것뿐인 걸까? 이 생각을 하면 지금 내가 집착하는 그 남친, 혹은 썸남, 썸녀에 대한 추적, 집착 좀 내려질까?

근데, 사실 내가 말한 대로 하면 마음은 좀 편해질 수 있는데, 이렇게 계속 생각을 하다 보면 '이게 뭐지? 이게 무슨 사랑이야. 허무하다.' 하게 될 수도 있다. 왜냐하면, 좋아하면 당연히 생각이 나고, 그 사람을 더 알고 싶고, 그게 당연한 거니까! 다 내려놓으면 잘못하면 허무주의에 빠지게 될 수도 있다. 여기서 주의할 점은, 앞에서 말한 건 과식을 하지 말란 거지, 밥 먹지 말라는 말이 아니다. '같이 있을 땐 같이 있어서 좋고, 떨어져 있을 땐 나 혼자만의 시간을 보낼 수 있어서 좋다'라는 걸 알게 되면 허무주의에 빠지지 않을 수 있다.

앞에서 말한 연락 문제도 마찬가지다. 남자친구가 연락이 오면 연락이 와서 좋고, 연락이 없을 땐 내 할 일할 수 있어서 좋은 거다. 사실 내가 알려준 방법을 해서 남자친구가 알아서 내내 연락이 오게 되면, 시도 때도 없이 연락이 오면 그것도 피곤한 일이다. 꼭 그걸 겪어야, 그렇게 겪고 질려야 '아, 이게 더 좋은 건 아니구나.' 이런다. 겪고 나서 알아야 할 필요는 없다. 지금 현재 상황 그대로 아주 좋다는 걸 제대로 알면 항상 평온하게 좋을 수 있다.

집착, 추적. 해도 된다. 맘껏 해라. 하고 싶겠지만 참아야 해! 집착하면 안 되니까 참을 거야! 이렇게 하란 말이 아니다. 해도 되는데, 대신에 그 짓거리 할 때 알고 해라. '아, 내가 지금 할 일이 정말 없구나'라는 거. 그럼, 집착하다가 그래도 빨리 멈출 수가 있다. 내가 막 추적하고, 궁금해하고, 연락 안 오나 안 오나 하다가, '내가 지금 그러고 있네!'라는 걸 알아채고, '인제 그만할까?' 하는 생각이 자연스럽게 들면 그때는 딱! 그만하고, 밀린 내 진짜 일 하면 된다.

결론은 그 썸남, 썸녀에 대한 혹은 남자친구의 전여친, 이런 거에 대한 집착은 참 부질없는 게 맞아. 알잖아. 부질없지만 내가 그 짓을 하고 싶은데 참으면 안 되고, 시간 여유 있는 만큼만 적당히 하고. '아, 내가 할 일이 없구나. 그만하자.' 레드 썬! 하면 된다. 뭐든지 적당히. 내년엔 아무 의미 없을지도 모를 사람한테 지금 내 시간 너무 쓰지 말자. 아깝잖아.

10

나는 왜 쓰레기만 만나는 걸까?

똥차 가고 벤츠 온다? 아니, 본인 차고지부터 정리해야지. 벤츠를 받고 싶으면 주차공간 깨끗하게, 넓게! 그 벤츠가 어울리게 해놔야 한다. 다들 지나가다 정말 허름한 빌라 주차장에 좋은 외제 차가 주차되어 있는 거 한 번쯤 본 적 있을 거다. 솔직히 다들 비슷하게 생각할 텐데, 뭔가 응?스럽다. 어울리지가 않으니까.

그러니까 번쩍번쩍 벤츠 S가 와도 내 차고지가 폐차장이면 그 차는 그곳에 멈추지 않는다. 주차장이 나름 괜찮다고 해도, 스포츠카도 아니고 이 차, 저 차, 구질구질 똥차 모아서 주차장에 막 여기저기 차 있으면 역시나 벤츠가 들어올 수가 없다. 결국, 다 본인 하기 나름이라는 거다. 여기까지는 남자 여자 공통사항.

이번 주제는 여기서 좀 더 들어가서 벤츠를 똥차로 만들어버릴 수도 있는 여자들의 행동에 대해 말하려 한다. 물론 어떤 이유가 되었든 나쁜 짓을 한 건 남자가 잘못한 게 맞다. 하지만 유난히 남자를 쓰레기로 만드는 행동을 하는 여자들이 있다. 남자를 돌게 만드는 거지.

지금부터 말하는 행동을 하는 여자들은 남자친구 바람피우고 싶게 하고 싶으면 앞으로 이렇게 행동하면 된다.

첫째, 끊임없이 의심하는 여자. 밑도 끝도 없이 남자가 숨이 막히게 옥죄는 거다. 의심하면 바람 안 피울 줄 알지? 어차피 필 놈 필이다. 내가 의심하고 철저히 감시해서 안 피우는 게 아니라 그럴수록 철저하게 안 들키게 할 뿐. 의심하면 의심할수록 더 잘 숨길 뿐이다.

"의심 안 하고 다 넘어가 주니까 바람피우던데요?"

그런 놈이랑은 정리해야지. 내가 이해해줘서, 내가 집착하지 않았더니 그 틈을 타 바람피운 게 아니라 정리를 해야 할 사람일 뿐이다. 물론 의심할 뭔가가 있었으니까 그렇게 집착을 하게 됐겠지. 하지만 그렇게 계속 의심할 놈이라면 헤어지는 게 맞다. 그렇게 의심하면서 평생 어떻게 살 건가? 계속 의심하면서 사귀는 건 꼭 바람피우길 바라면서 사귀는 것과 마찬가지다. '걸리기만 해봐라.' 이러면서 계속 추적하다가, 딱 걸렸어! 그러면 "거 봐. 내가 너, 그럴 줄 알았어!" 이러는 거지. 끊임없이 의심하면 남자가 전자발찌를 찬 기분이 들게 된다. 그럼 벗어나고 싶어지지. 여자가 의심하면 할수록 남자는 더 자유를 원하게 되고, 그래서 더 죄책감 없이 바람피우게 된다. 의심하지 말 것.

둘째, 항상 외로워하는 여자. 자존감 바닥인 여자다. 사실 이건 할 일이 없어서 그런 건데, 본인이 어딘가에 잘 쓰이고 있으면 솔직히 외로울 시간도 없고, 근본적으로 어차피 모든 사람은 다 외롭다. 누군가로 인해서 나의 외로움을 채울 수가 없다. 물건을 사면서도 절대 채워질 수 없고. 그럼 남자가 지치겠지. 아무리 해줘도 그 여자의 외로움은 결국, 채워지지 않는 거니까⋯. 남자도 외롭다. 그럼 바람피우게 되지.

셋째, 허영의 끝에 있는 여자. 일명 관종. 내가 어릴 때, 관종이란 단어가 쓰이기 전에 나는 이 의미의 사람을 '관자'라고 했었는데, '관'심 병'자' 줄여서. 이건 병이 맞다. 보이는 삶? 물론 지금 세상에서 중요한 부분이다. 이걸 생각을 안 할 수가 없다. 자기 PR 시대이고 자기 마케팅 시대니까! 근데 본인이 세일즈하는 업을 가진 게 아닌 이상 잘 보여서, 있어 보여서 뭐 할 거느냐마는 일단 '관자'는 말 그대로 병이기 때문에 역시 그 관심도는 채울 수가 없다. 남친도 보여주기용으로 필요한 거다. 나에게 이렇게 이렇게 해주는 남친 자랑! 이런 사람들은 내 남자를 다른 친구의 남자친구, 다른 친구의 남편과 비교한다. "걔는 뭘 해줬는데, 나는 뭐어쩌고 이거 사줘! 저거 사줘!" 네가 사라. 너는 거지가아니다.

넷째, 욕구 불만을 가진 여자. 이런 특성을 가진 여자들이 나중에 큰일을 치는 여자들이다. 남자들이 처음엔 굉장히 좋아한다. 뭔가 섹시하기도 하고 뭔가 매력 있거든! 여자가 나를 원하는 모습이 솔직하게 느껴지기도 하고 굉장히 매력적이다. 근데 남자도 몇 번 만나보면 알 수 있다. 상대방이 어떤 여자인지를…. 그럼 그 남자가 그런 여자한테 올인을 하지 않게 된다. 잠만 잘 뿐! 그 남자가 필요한 게 아니라 그냥 수컷이 필요한 것일 뿐이니까.

다섯째, 남자 무시하는 여자. 이게 흔히 여자들이 가장 많이 하는 잘못된 행동인데, 절대 하면 안 되는 것! 사람은 무시하면 안 되지만 특히 남자는 절대 무시하면 안 된다. 기를 살려 줘도 모자랄 판에…. 이게 남자 바람피우게 하는 핵지름길이다. 남자들이 술집에 왜 갈까? 물론 여자를 좋아해서 가는 것들도 있지만, 모셔주고, 얘기 잘 들어주고! 남자는 대접해주면 거기로 간다. 나이랑 상관없이. 물론 내가 어떻게 해줘도 갈 놈 간다. 하지만 슬퍼할 필요 없다. 그런 놈은 바로 정리하면 된다.

혹시 본인이 이 중에 하나라도 하고 있는 여자라면

(보통 2~3개 이상 하고 있겠지만), 스스로가 남자를 바람피우고 싶게 만들고 있다는 걸 알아야 한다. 남자를 위해서가 아니라 끊자! 이런 행동. 본인을 위해서! 아마 의심하고, 외로워하고, 자존감도 낮고, 이런 상태라면 스스로가 제일 힘들 거다. 그 남자한테 집중하지 말고 자신에게 집중하면서 하나씩 수정해나가길 바란다. 나를 위해서!

11

아름다운 이별 – 제대로 잘 헤어지는 방법

누군가를 진심으로 사랑했다면 진심으로 잘 놓아주는 것도 사랑이다. 헤어진 전 연인을 원망하고 집착하고 하는 걸 사랑이라고 착각하고 있다면 깨달아야 한다. 그리고 미운 마음이 올라올 때 '아, 이거 사랑 아니구나.' 알아차리고 일어나면 된다. 연애 상담을 하다 보면 "저, 더는 남자 못 만날 것 같아요." "이제 더는 여자 못 믿겠습니다." 이런 말을 자주 듣는데, 앞으로는 "다신 다른 사람을 못 만날 것 같아요"라는 이야기는 입 밖으로 꺼내지 말자. 어차피 그 남자, 그 여자 아니어도 다시 연애하고 설레서 잠 못 들 날 곧 올 거니까.

그동안 참 많은 인연과 만남과 헤어짐을 반복해왔는데, 왜 그들의 미래에는 내가 있지 않았을까? 연애라는 건 두 사람이 같이 시작한 일이지만, 그 끝에는 늘 한 명이 먼저 마음이 식고, 나머지 한 명은 상처를 받게 되어 있다. 둘 중 누가 먼저 식느냐의 차이일 뿐이지, 평생 좋을 수만은 없는 일이다. 나 자신도 싫어질 때가 있는데, 어떻게 질리지 않고 누군가가 내내 좋기만 할까.

이별을 당하는 처지에서는 무조건 떠난 사람이 나쁜 사람 같고 '어떻게 나를 떠날 수 있지?' 원망하고, 미워하고, 나쁜 사람이라고 욕했다가, 또 나 때문에 이 관계가 이렇게 무너진 것 같기도 하고, 감정의 롤러코스터를 타고 요동칠 텐데, 근데 본인만 그런 게 아니라 다들 그러고 산다. 그냥 자연의 흐름대로 '왔다가 가는 바람' 같은 사이였던 거다.

전 연인이 엄청 바람피우고 맨날 거짓말하고 말도 안 되는 막장이었던 경우라면, 한 명이 온전히 피해자가 될 수도 있지만, 근데 인생의 모든 사건은 다 의미가 있고 사건의 전모를 다 알게 되면 다 그럴 만한 사정이 있더라. "어떻게 그럴 수가 있지??" 그럴 수가 있더라고.

헤어짐에는 여러 가지 방식이 있다. 그대로 사라져 버리는 잠수 이별이 있고, 카톡으로 통보하고 차단하는 톡이별도 있고, 요즘은 코로나 때문에 비대면 이별도 한다고 하는데…. 어떤 방식이든 이별은 사람을 감정의 노예로 만들어버린다. 헤어지고 난 바로 다음 날, 눈 떴을 때부터 그대로 눈물이 관자놀이를 타고 베개를 적시지. 별생각이 다 든다. 슬펐다가 분노했다가 다시 보고 싶었다가 다시 분노하고. 내 일상, 내 공간, 내 모든 감정까지 모두 다 함께하던 사이였는데, 헤어졌다는 이유로 연락조차 못 하게 되다니…. 사귈 때 너무나 많은 것을 공유하고 함께했기 때문에·그 사람이 없는 나는 아무것도 아니라는 생각이 들 수밖에 없다. 너무 보고 싶고, 이제 못 볼 것 같으니까 죽고 싶지.

마음을 편안하게 다스릴 수 있게 여러 방법을 찾아보고 따라 해보겠지만, 사실 말이 쉽지, 이별 자체가 너무 힘든 건 다들 비슷할 거다. 세상에서 제일 친했던 내 친구가 하루아침에 연락도 못 하는 사이가 되는 건데, 슬프고 힘든 건 너무나도 당연한 일이다.

그래서 상담을 받으러 오는 사람 중에 "이제 더는 헤어지는 연애 하고 싶지 않아요." 하면서 오는 사람들도 아주 많다. 화장은 하는 것보다 지우는 게 중요하듯, 연애도 하는 것만큼이나 잘 헤어지는 게 정말 중요하다. 결혼할 거 아니라면! 결혼은 다른 스테이지로 함께 이동하는 건데, 연애를 하다가 결혼을 하지 않으면, 결국 다 이별이다.

잘 헤어져야 다음 만남도 잘 할 수 있다. 한 명은 헤어졌을지 몰라도 아직 한 명은 헤어지는 중이거나, 분명 이건 잘린 줄인데, 한쪽은 그 줄을 계속 잡고 있는 예가 많다. 이렇게 제대로 끊어지지 않은 인연은 분명히 아픔이 되고, 잘못 끊어진 인연은 반드시 다음 인연에서도 문제가 된다. 우선 내 일상이 그 남자, 그 여자가 아니어도 나는 나와 함께 내 일상을 보낼 수 있어야 한다. 그 누구도 다 영원한 관계는 없다.

그럼 나만 잘 정리되면 되느냐? 아니다. 상대방도 나와 잘 정리해줘야 한다. 나는 깨끗하게 그 관계를 잘 정리했지만, 상대방이 아직 나와 헤어지지 못하고 질질 끌고 매달리고 있으면, 어떤 식으로든 나에게 좋지 않은 영향을 준다. 그렇다면 둘 다, 모두 좋고 아름답게 어떻게 이별할 수 있을까? 사실 그런 건 없다.

"전 아름답게 이별했어요." 그럼, 그 관계는 아직 끝나지 않은 거다. 이별하면 아파야지. 눈이 빠질 만큼 울어보고, 저주해봐야지! 이런 이별 후 과정을 다 겪고 끝내는 게 맞는데, 그런 거 없이 그저 잔잔한, 아름다운 이별을 했다면 후폭풍이 반드시 온다.

결국, 아름다운 이별이란 없다. 헤어짐에는 반드시 헤어지고 난 후 다음 만남을 갖기 전까지 준비 기간이 필요하다. 환승 이별을 하게 되면 이 과정이 생략되긴 하지만 이런 경우 말고, 너무 사랑하다가, 사실은 사랑한다고 착각하다가 헤어지게 되는 경우. 이 경우는 슬픔, 분노, 한을 탈탈 다 털어버릴 시간이 꼭 필요하다. 내가 이별을 통보한 처지라면 내가 걸린 시간만큼 상대방에게 다 나를 털어버릴 수 있는 그런 시간을 줘야 한다. 그러니까 상대방이 잘 정리할 수 있도록 제발 눈앞에서 알짱거리지 말 것.

인스타그램에 사진을 올릴 거면 나에게 차인 그 사람이 볼 수 없게 비공개로, 팔로우 빼고, 그렇게 올리고 카톡 프사 좀 수시로 바꾸지 말자. 프로필 뮤직으로도 어필하지 말고. 일부러 알짱대는 거라면 모를까, 난 정말 아무렇지도 않다고 해도 상대방이 볼 걸 뻔히 알면서 그렇게 계속 알짱대는 건 고의 아니면 양아치다. 헤어지고도 예의는 지키자. 서로를 위해서.

그리고 이별을 통보받은 처지라면, 너를 만난 게 그 사람의 선택이었듯, 헤어짐도 그 사람의 선택이다. 왜 좋은 것만 택하려 해. 상대방의 선택을 존중해주자. 헤어짐을 당한 사람들은 자존감이 바닥을 치게 되는데, 하지만 우리는 이 혼돈의 상황 속에서도 나를 살리는 해석을 할 줄 알아야 한다. 그 사람과 인연이 끊어진 거? 조상신이 도왔지. 천운이다. 서로 맞지 않아서 늘 싸우고 나를 지치게 한 이 관계가 드디어 끝이 난 거다. 지금 매일 부대끼던 사람이 없어져서 허전한 것뿐 미화시키지 말자. 그 사람과 나의 관계는 그렇게 아름답지 않았다. 왜 우리가 헤어지게 되었는지 이제 와서 구질구질하게 디테일한 순간들을 찾으려고 하지도 말고. 찾아서 뭐 할 건데? 돌이키려 하지 말 것. 인정한다. 나는 헤어졌다. 이제 다른 사람 만나자.
　사람은 경험을 토대로 판단하고 선택하는데, 심리학

용어에서는 이걸 '아니마 아니무스'라고 한다. 남성 속의 여성성, 여성 속에 남성성이라는 것이 존재한다고 하는데, 이게 무슨 말이냐면 내가 여성이라면 내 삶 속에서 겪어 온 아빠를 포함한 모든 남자, 내가 남성이라면 살면서 겪어 온 모든 여성의 긍정적 혹은 부정적인 피드백들로 인해서, 한마디로 그동안의 나의 경험치에 의해서 나의 배우자, 나의 옆자리의 사람을 들인다는 말이다.

그러니까 내가 못나서, 내가 뭘 잘못해서, 모자라서, 그 사람이 날 떠난 것이 아니라, 그냥 그 사람이 인생에서 만났던 이성들의 피드백에 의해 형성된, 그런 자신이 원하는 이성상에 내가 맞지 않았을 뿐인 거다. 그 사람이 생각했을 때 내가 자신이 그리는 배우자상, 거기에 부합하지 않은 거지, 내 문제가 아니란 말이다.

나를 잔인하게 짓밟고 십 리도 못가서 발병 나버렸으면 좋겠는 그 사람은, 그냥 그대로 그렇게 살다 가게 보내주고, 나와 맞는 그런 사람 찾아 나서면 된다. 이미 나는 충분히 괜찮다. 이미 충분히 매력적이다. 하지만 혹시 더 발전하고 싶다면 여러 자기계발서를 읽고 자기관리를 하면서 타인보다 나에게 집중을 해보자. 당분간은. '후회하게 만들겠어!' 그딴 생각은 하지 말고 자신에게 좀 잘 보일 것!

어릴 때 잠깐 만났던 어떤 친구가 나와 헤어지고 나서 주변에다 정말 많이 했던 말이 "나, 이제 진짜 여자 못 만날 거 같아." 몇 년을 그랬었는데, 지금 다른 사람이랑 결혼해서 자식 낳고 잘살고 있다고 들었다. 물론 나 역시 다른 누군가 때문에 힘들어 해봤고. 다 똑같다. 헤어진 지 얼마 안 되었다면, 혹은 지금 이별을 앞두고 있다면 정말 힘들 거다. 근데 조금만 더 버티면 된다. 혼자 버티기 힘들면 주변에 도움을 청하는 것도 좋다. 혼자 이겨내려 하지 말고 소개팅도 받고 약속도 많이 잡고 주변을 잘 활용하자. 제일 처음에 말했듯이 누군가를 진심으로 사랑했다면 진심으로 잘 보내주는 것도 사랑이다.

지금 원망하고 집착하는 거 그건 사랑이 아니다. '아, 이거 사랑 아니구나.' 하고 탁 털어버릴 것. 인생, 뭐 없다. 지금 즐겁자!

12

남자가 나에게 계속 잘 하게 하는 방법

'변한 남자, 다시 꼬시는 방법 알려주세요!'라는 질문을 자주 받는데, 일단 세상에 변하지 않는 것은 없다. '영원한 것은 없다는 것', 그것만이 변치 않는 사실이다. 어쨌든 우선 문제 해결을 위해서 일단 순서대로 자문해보자.

첫 번째, 그는 변한 걸까? 원래대로 돌아간 걸까?

두 번째, 정말 변한 거라면 왜 변했을까?

세 번째, 그게 변한 거든 원래대로 돌아간 거든, 그럼 어떻게 다시 나에게 애달파하게 하는가?

첫 번째, 원래대로 돌아간 거다. 사실 남자들은 대부분 이거다. 카멜레온이 살기 위해서 색을 바꾸는 것처럼, 너를 꼬시기 위해서 잠시 본인의 모습에서 너에게 맞는 색으로 바꿨다가, 이제 원래 모습대로 돌아간 거다. 이걸 꼬심을 당한 여자 처지에서 보면, '변했다'라고 할 수가 있는 건데, 근데 이걸 여자 기준에서 남자가 처음 나에게 했던 그 모습 그대로 계속 유지해주기 바라는 건 사실 너무 큰 욕심일 수 있다. 그 당시 너를 꼬시기 위해서 한 행동이겠지만, 그때 그 모습은 진심이었을 것이다. 하지만 지금은 다시 원래 모습대로 돌아갔다? 그것도 진심인 거다. 이제 본인은 새롭게 꼬실 필요가 없으니까 자기 색으로 돌아간 건데, 그건 어쩔 수 없다.

두 번째, 정말 변했다. 즉 사랑이 식었다 혹은 식어가고 있다. 우선 첫 번째랑 구분할 수 있어야 하는데, 여자친구를 여전히 좋아하지만 믿음이 생기고 익숙해져서 본인 패턴대로 돌아간 건지, 정말 식은 건지, 이건 어떻게 구분을 할 수 있냐면 좀 허무맹랑하게 들릴진 몰라도 이건 진짜 그냥 알 수 있다. 사귀는 사이라는 건 내가 가장 많은 관심을 두고 있는 존재라는 건데, 어떤 것에 관심 많으면 저절로 알게 되는 것들이 있다. 예를 들면, 이럴 때 그런 표정을 지어주던 사람인데, 이젠 표정이 없어. 이런 상황에서 손을 잡아주던 사람인데, 이제 혼자 팔짱 끼는 거지.

근데 사실 "오빠, 변했어"를 말하는 여자들 대부분은 어떤 특정 행동이 변해서 그렇게 말을 하는 게 아니라, 내 남자친구가 나를 사랑하는 마음이 느껴지지 않아서인 경우가 더 많다. 이게 촉이라는 것이다. "언니, 저는 똥촉이라서 맨날 다 틀리는데, 제 촉도 믿어도 되나요?"라고 묻는다면 한마디로 말해줄 수 있다. 누가 봐도 정상이 아닌 건 아닌 거다. 물론 정상 기준 역시 사람마다 다르지만, 본인 기준에서 "도저히 이해가 안 간다!" 말고, 지금 본인 주변 여자친구들한테 물어서 듣는 말 말고, 이성친구! 다른 남자들이 들었을 때도 "솔직히 그건 좀… 아닌 것 같은데?"라고 한다면 그건 정상이 아닌 게 맞다.

자, 일단 촉이 맞았어. 진짜 남친이 나한테 식었고, 변했다면 일단 혼자 여기 매이지 말 것. 스스로 분석해 봤자 당장 할 수 있는 건 없다. 아무것도. 더는 나에게 질리지 않게 하는 게 첫 번째 할 일이다. 왜 변했을까를 멋대로 추리하지 말자. 정떨어지는 일은 정말 개인의 취향에 따라 수백 가지이기 때문에 내가 절대 그걸 가늠할 수 없다. 다른 사람이 봤을 땐 정말 아무것도 아닌 행동에도 '아, 뭐야.' 하며 정이 뚝 떨어져버리는 순간들이 있을 수 있기 때문에 그건 나의 잘못이 아니고 어쩔 수 없는 부분이다. 일단 집착을 내려놓자.

가끔 남자친구에게 너무 의존하는 연애를 하는 여자들의 특징이, 남자친구라는 타이틀을 딱 부여하는 순간, '넌 내 남자친구니까, 내 한을 다 받아내라!' 모드로 모든 하소연을 하고 모든 기분을 얘기하면서 남친을 감정 쓰레기통으로 만드는 경우가 있는데, 이러면 남자친구가 지치게 된다. 사귀는 사이라고 해서 모든 나의 안 좋은 이야기와 내 과거의 상처를 다 바로 말할 필요는 없다. 물론 언젠가 그런 이야기들을 해야 하겠지만, 나의 아픔, 무거운 이야기들은 언제, 어떻게, 어떤 톤으로, 내가 그 일에 대해 어느 만큼 갈무리가 된 상태에서 말하느냐, 이게 중요하다. 어쨌든 사귀는 초반이라면 상대방은 나의 사귀기 전 모습들로 나를 그리면서 생각하는 연애가 있을 텐데, 너무 모든 것을 감정적으로 다 말하지 말고 하나씩 하나씩 얘기해나가는 게 좋다. 한 번에 쏟아내듯 내 모든 것들을 다 털어내고 몰아치면 남자가 여기서 변할 수도 있다. 그리고 다음은 나도 모르고, 너도 모르고, 남자 본인도 모르는 그런 이유로 변한 걸 수도 있다.

그렇다면 세 번째, 이제 어떻게 할까? 변한 거든, 원래대로 돌아간 거든, 어떻게 다시 나에게 애달파하게 할까.

첫째, 아무것도 하지 말 것. 제발 '가만있어라', '방생해라'라고 입이 마르게 얘기하는데, 왜냐하면 넌 끊임없이 무언가를 하고 싶어 할 테니까. 연락이 없으면 연락하고 싶고, 진지하게 얘기해보고 싶고, 100분 토론을 하고 싶을 거다. 그거 하지 말라고. 그런 행동들이 남자친구 처지에서 내가 더 싫어질 수 있다. 남자가 본인이 변한 이유를 알든 모르든, 사실 진짜 자기가 변했는지도 모를 수 있는데, 여자가 진지하게 물어보려고 하면, 본인이 변한 이유를 알더라도 그걸 여자친구한테 말하기가 미안하기도 하고, 본인도 변한 이유를 모르면 정말 답답할 거다. 그리고 사실은 변한 게 아니라 원래대로 돌아간 건데, 그렇게 옥죄면 불편해진다.

남자는 어떤 문제가 생기면 빨리 결론을 내고 답을 내고 해결하려 한다. 여자처럼 감정적으로 질질 끌지 않는다. 여자가 진지하게 "우리 사이가 어쩌고, 저쩌고." 이런 식으로 남자친구를 압박하면, 남자는 스스로 답을 내버릴 수도 있다. '아, 진짜 내가 변하긴 했구나. 얘를 이제 안 좋아하는구나'라고. 압박하면서 부담을 주면 스스로 이렇게 답을 내 버릴 수 있으니, 잘 해결하고 싶다면 절대 옥죄이지 말고 남자가 생각할 수 있게 시간을 주자. 더 빨리 헤어지고 싶지 않으면 그냥 가만히 일단 냅둬야 한다.

이건 수동적으로 대처하라는 것과 다르다. 나는 나의 텐션을 그대로 유지하면 된다. 그러면서 내가 느끼는 감정만 얘기하자. 절대적으로 가볍게. 혼자 멋대로 판단하지 말고 가볍게 애교 있게. "오빠, 왜 손 안 잡아줘? 변했냐?" "왜 안 안아줘? 이럴 거야?" 별거 아니지만 '나, 서운해지려고 한다'는 느낌이 들 수 있도록. 남자 스스로 자신의 행동과 감정변화를 알아차릴 수 있을 만큼만 진지모드로. "어떻게 그럴 수가 있어? 정말 변했어. 난 네가 이렇게 해줬으면 좋겠고, 이건 이렇게 해줬으면 좋겠고, 어쩌고 어쩌고." 그런 요구는 헤어질 작정하고 할 것.

둘째, 나를 처음으로 되돌린다. 어쩌면 남자만 변한 게 아니라 나도 변했을 수도 있다. 사귀고 나서 시간이 지날수록 내 주장 내 생각을 많이 하게 되는데, '내 중심을 생각하지 말고 모든 것을 그 남자에게 맞춰라! 그 남자한테 헌신하라.' 이 말이 아니다. 남자친구도 내가 헌신해주길 바라진 않는다. 남자가 여자친구에게 바라는 가장 핵심은 처음 그가 사랑에 빠졌던 그 모습처럼 있어주길 바란다. 여자친구가 활짝 웃던 그 모습, 우리가 처음 시작했을 때 자기 일을 하고 본인 친구들도 만나고 즐겁게 지내면서 나를 만나던 그 모습. 그러니까 남자친구에게 너무 의지해서 감정적으로 모든 것을 그 남자 중심으로 생각하고 그렇게 하지 말고, 처음 우리가 시작했을 때 또는 사귀기 전에 그때처럼 사랑스럽게 유지하면서 마음만 더 따뜻해지면 된다.

마지막으로 셋째, 이 말을 하고 싶어서, 사실 이렇게 길게 말을 했는데, 상대방이 나를 계속 좋아하게, 나에게 애달파하게 하는 유일하고 가장 확실한 방법은 상대방에게, 내 남자친구에게 내가 계속 필요한 상대가 되는 것이다. 냉정하게 들릴지 몰라도 부모님의 사랑이 아니면 남녀 사이의 사랑은 열정이라 할 수 있다. 우리가 지금 하고 있는 것, 아가페나 플라토닉이 아니다. 열정은 식게 마련이고, 식지 않게 하려면, 식었다가도 다시 끓게 하려면 장작이 필요하다. 계~속! 감정적으로든 물질적으로든 내가 너에게 줄 수 있는 게 있고, 너에게 받을 수 있는 게 있어야 오래 갈 수 있고, 설령 잠시 변하더라도 다시 원래대로 회복할 수가 있다. '그래, 맞아. 이 사람은 나에게 이런 걸 느끼게 해주는 사람이었지.' '나한테 이런 존재였지.' '난 이 사람이 없으면 안 될 것 같아.' 이런 거지.

필요하다는 포인트는 어떤 것이든 상관없다. 상대가 나를 필요로 하는 부분이 있으면 계속 나를 찾게 되고, 이 관계가 잘 유지되려면 나에게 계속 잘할 수밖에 없다. 사실 본질적으로 사랑의 최상위인 부모의 사랑으로 안아버리면 누가 와도 이길 수가 없는데, 평범한 우리가 어떻게 그렇게 할 수 있을까? 남녀 간의 관계에서 그렇게 하는 건 거의 불가능에 가깝기 때문에, 상대가 계속 나에게 잘 하게 하려면 끊임없이 나를 필요로 하게 하면 된다. 어떤 면이든 긍정적인 방향으로 나의 매력을 끌어올리면, 나는 남친뿐만 아니라 모든 이성에게 어필할 수 있는 여자가 될 수 있다. 결론은 대체 불가한 존재로 느끼게 해주면 되는 것이다.

근데, 이런 고민은 부디 고민할 가치가 있는 좋은 사람에게만 하길 바란다. 나를 소중하게 생각하지 않는, 나를 초라하게 만드는 그저 그런 변한 남자 때문에 자존감 떨어지는 고민은 하지 않았으면 좋겠다. 이미 충분히 매력이 있는 사람이라면, 걔는 걔고, 너는 그냥 너야. 세상에 멋진 남자가 얼마나 많은데. 변한 남자 때문에 고민하지 말자.

13

그는 당신에게 반하지 않았다
– 맞아, 썸 아니야

본인이 지금 썸타고 있다고 하는 사람들이 매우 많다. 근데 그거 진짜 썸일까? 사실 남자 여자 작은 호감으로도 오늘부터 1일 할 수 있다. 근데 왜 안 사귈까? 신중한 사람이라서? 개소리지. 그냥 막 심장이 떨리고 애달파 하지 않는 거다. 남자든 여자든 서로 비슷하게 심장이 뛰면 금방 사귄다.

썸이란 건, 아직 우리가 사귀는 사이는 아니지만 마

치 곧 사귈 것만 같은 아직은 뭔가 요상한 그런 관계인데, 썸이랑 어장은 다르다. 썸은 정말 짧게 가야 한 달. 썸타는 상대랑 두 달, 석 달 간다면 그건 너 혼자만의 썸이다. 넌 상대방이 친 어장 안에 갇혔을 가능성 90%. 받아들여라. 그래야만 어장 탈출이라도 할 수 있다. 물론 주위에 대여섯 달씩 썸타는 친구들도 있다. 천천히 알아가면서 사귀게 되는 그런 거 말고. 소개팅 받았는데, 몇 달을 썸탄다면 이건 아니잖아. 오래 알고 지낸 사이라서 또는 같이 일하면서 쭉 만나는 그런 사이 말하는 거 아니다.

이번 시간에는 혼자 타는 썸의 특징, 과정, 최후를 알려줄 테니, 내 얘기가 아닌지 생각을 해보고 이제 혼자 타는 썸은 정리하자.

1. 혼자 썸타는 사람의 특징

정체기가 온 썸에는 보통 착각한 사람과 착각하게 만든 사람이 있다. 착각한 사람, 이건 짝사랑이다. 금사빠들이 대부분 이 부류인데, 그냥 눈만 마주쳤거나 그날의 분위기만 약간 좋았던 정도에도 '아, 뭔가 느낌 있어. 쟤 나한테 호감 있나?!' 이거, 누가 느낀 거? 너'만'

느낀 거. 혹시 당신의 썸남, 썸녀가 인기남, 인기녀라면 사실 그거 거의 썸 아니다. 슬프지만.

혼자 썸타는 분들은 사실 굉장히 순수한 사람이다. 의심도 없고 악의도 없고 그저 내가 지금 느낀 설렘을 크게 생각하는 거지. 특히 새로운 사람들을 만날 때 반응이 쉽게 오는데, '오! 새로워! 낯설지만 떨리는 이 느낌 뭐지?' 본인이 악의 없이 상대를 좋게 보고 있으므로 내가 느끼는 감정이 마치 그 사람이 준 거라고 착각을 하게 되는 거다. 그렇게 의미부여를 하면서 혼자 타는 썸이 시작된다.

그럼 착각하게 만드는 사람들은 누구냐. 보통 존잘, 존예이거나 인기남, 인기녀. 외모가 아니더라도 모태 매력쟁이들이 남들을 착각하게 하는데, 근데 진짜 잘난 게 아니더라도 여기 낚인 사람 눈에만 보이는 그 매력이 있다. 일단 이 매력을 느낀 사람은 자동으로 피동모드가 되기 때문에, '아, 아닌 거 같은데' 하면서도 계속 기다리고, 부르면 기다렸다는 듯이 나가는 5분 대기조가 된다.

착각 유발자들 중엔 썸 중독자들도 있다. 뻔히 착각할 수도 있게 행동을 해놓고, "우리, 무슨 사이야?"라는 말은 뭔가 못 하도록 만드는 묘한 행동을 하고, "아, 나는 막 누가 나 좋다고 하면 이상하게 싫어지더라." 이 거 무슨 말? 고백하지 말라는 거지. 고백하지 마. 왜? 차야 하니까. 이런 식으로 상대가 부담스럽게 심각해지 거나 더 좋은 예쁜 잘생긴 사람이 나타나면 그 사람 만 나느라 사라져버린다. 사귀는 사이가 되어버리면 원칙 상 너만 만나야 하는데, 그럴 만큼 너가 좋진 않아. 미 안함, 부도덕함을 느끼고 싶지 않아.

또 착각하게 만드는 바로 너의 주변의 친구들. 일명 오지라퍼들. 친구들을 만나서 말한다. "나 요새 알게 된 사람이 있는데, 만나는 사람이 있는데, 이렇고 저렇 고. 근데, 잘 모르겠어." "맞네, 맞네. 그 사람 너한테 호감 있네. 야, 마음도 없는데 미쳤다고 그렇게 행동하 냐? 여기 불러!" 자기 일 아니니까 쉽게 말한다. "지금 오라고 해봐. 연락해봐!" 절대 이렇게 바람 넣는 친구 들 말에 현혹되면 안 된다. 그냥 내 패만 다 보여줄 뿐.

썸이 연애보다 어려운 게, 어떤 사람은 같이 커피만 마셔도 그게 썸이라고 생각하는 사람도 있고, 어떤 사 람들은 정말 할 거 다 해놓고도 "썸? 아닌데?" 하는 사 람들이 있어서 이게 쉽지가 않다.

2. 썸으로만 끝나는 사람들의 변론

혼자 썸을 막 타다가 '아, 이 정도면 확실해!' 하는 순간이 와서 고백하거나, 상대가 고백을 안 하니 물어본다. "우리, 무슨 사이야?" "우리, 이제 슬슬 진지하게 만나야 하지 않을까?" 그럼 대답이 온다. "나는 너에게 굉장히 호감이고 너가 맘에 들고, 같이 있으면 즐겁고 우린 참 잘 맞는 거 같아. 하지만! 나는 지금 내 인생에서 정말 중요한 시기이고, 일이든 공부든 집중해야 하는 시기야." 또는 아직 마음의 준비가 안 되었다, 마음의 여유가 없다는 둥 이유 같지 않은 이유를 대. 남녀 사이에서 마음의 여유, 마음의 준비, 이딴 말 진짜 누가 만들었냐.

정말 집중해야 하는 시기일 수도 있지. 그럼 어쭙잖게 그동안 나 왜 만났어? 그 준비나 하지. 니 할 일에 집중해야지, 나 왜 만났냐고. 안 그래? 마음의 준비가 안 되어 있다. 누굴 만날 여유가 없다고 말하는 건 그냥 낫 배드. 살짝 좋았을 수도 있지만! 뜨겁진 않아. 날 계속 좋아는 해도 되지만, 나에게 뭘 바라진 말아 달라는 거다. 그냥 이 관계를 그대로 유지하고 싶어서 저렇게 말을 하는 경우가 대부분이다.

그리고 네가 썸이라고 생각하는 상대방이 연락이 느리고 잘 안된다면, "왜 이렇게 연락이 안 돼?"라고 했을 때 상대가 "나, 원래 연락 잘 안 하는 스타일이야. 일할 땐 폰 안 봐."라고 답했다면 개소리-2. 물론 수술하는 의사, 재판하는 법조인, 나처럼 상담하는 사람도 그때는 못할 수 있지만 끝나면 바로 답변한다. 그니까 제발 상대방이 답이 조올라 느리거나 연락이 없으면 카톡 그만 보내라.

3. 마지막으로 혼자 썸탈 때 대처 방법

이 글을 보고 어? 난가? 내 얘긴가? 하는 생각이 든다면 우선 자신을 한번 돌아봐라. 내가 너무 금사빠는 아니었는지, 새로운, 낯선 상황에서 마음이 흔들린 건 아닌지. 아니면 정말 상대가 중요한 시험을 앞두고 있거나 인생에서 진짜 집중해야 할 시기라, 연애까지는 할 수 없는 상황이라면 상대가 원하는 대로 해주자. 그러면 다음이라도 기약할 수 있다.

혼자 썸타는 게 확실하다, 생각이 들었다면 아무것도 하지 말아라. 이 관계를 니가 정리도 하지 마. 상대방이 황당해할 수도 있으니까. 내가 연락 안 하면 반응이 온다. 나에게 관심이 있다면. 그러니까 방해하지 마. 어차피 카톡 답도 느리게 오잖아. 내가 연락 안 했는데, "무슨 일 있어?" "왜 연락 없어?" 이런 반응이 오면 그래도 마음이 조금은 있는 거다. 정말 썸이 맞는다면 마음이 있다면 자기가 연락한다.

대신 여기서 정말 중요한 거! 간 보지 마! 그냥 아무것도 하면 안 된다. 특히 질투심 유발이나 간 보기 하면 안 된다. 너한테 마음이 없는데, 날 간 보면 '애, 뭐야? 미친.' 이렇게 끝. 너한테 맘이 있었더라도, '아, 뭐야. 구리게.' 이렇게 끝. 그러니까 차라리 고백하고 까이든지 아니면 그냥 아무것도 하지 마.

"아무것도 안 했는데 영원히 사라졌어요. 흑." 이거면 차라리 잘됐어. 너가 쓸데없이 시간 낭비는 안 하게 된 거잖아. '괜히 섣부르게 고백했다가 까이면…. 그래도 지금 너무 좋은데, 이 관계마저도 깨지면 어떡하지?' 시기의 문제라고 희망고문하면서, 되지도 않는 타이밍 찾으면서, 이러지도 저러지도 못하고 혼자 앓지 말고 인정하자.

"시바, 혼자 썸 잘 탔다. 즐거웠다."

그럼 이제 그런 거 버리고 내가 찐썸타자.

14

남자친구가 더 표현하게 만드는 방법

연인 사이에서 말이라는 건 내가 하고 싶은 말만 하는 게 아니다. 상대가 듣고 싶은 말을 하는 거, 사실 이게 더 중요하다. 왜? 그래야 나도 내가 듣고 싶은 말을 들을 수 있으니까!

[사연]

남자친구랑 100일 정도 된 20대 중·후반 연상연하 커플인데요, 저는 감정과 애정을 말로도 행동으로도 많이 표현하는 편인데, 남친은 감정선이 잔잔한 편이라, 말이 거의 없고 표현을 안 해요. 평소 무슨 생각을 하는지, 데이트를 하거나 혹은 다투거나 했을 때 무슨 감정을 느꼈는지, 무미건조한 말 말고 정말 감정을 담은 표현들이 받고 싶은데, 어떡하면 좋을까요?

사귀는 사이인데도 저 혼자 썸타면서 꼬시는 중이라는 생각도 가끔 들어서, 진지하게 대화를 해볼까 하는데, 감정적으로 제 처지로만 말할 것 같아 고민 중입니다. 그리고 잔잔한 남자친구가 저에게 감정 표현과 애정 표현을 잘, 자주 할 수 있게 하는 방법에는 뭐가 있을까요?

사연을 읽다 보면 몇 가지를 알 수 있는데, 우선 연상연하 커플이고, 전체적으로 남친의 표현방식에 불만이 좀 느껴지는데, 뭔가 연하남에 대한 기대치가 있었던 것 같다는 생각이 든다. 자고로 '연하 남친이라면 귀엽고 애교 있고 표현도 잘할 거다!'라는. 그리고 남친이 무슨 생각을 하는지, 어떤 감정을 느꼈는지, 무미건조한 말 말고, 정말 감정을 담은 표현들이 받고 싶다는 내용인데. 이 말은, 무미건조한 말 말고라는 건, 어쨌든 말로 표현은 한다는 거잖아? 근데 내 성에 안 찬다! 이게 포인트 같은데.

자, 그러면 내가 어찌어찌해서 남자친구가 갑자기 막 표현을 해. 막, 막해. 근데 이때 그동안 그 표현 없던 남친이 갑자기 막 안 하던 말들을 한다고 해서, 그 말을 바로 믿을 수 있을까? 사실 말이라는 건 얼마든지 만들어낼 수 있고, 포장할 수 있고, 그짓말? 이거도 할 수 있다.

사연자가 원하는 건, 꼭 그런 말을 원한다기보다 비언어적 표현 포함! 눈에서 꿀이 뚝뚝 떨어진다. 뭐, 그런 말하지 않아도 막 느껴지는, 그런 걸 원하는 거 아닐까? '말만이라도'는 아닌 것 같다. 물론 말, 표현, 행동 다 안 하느니, 말이라도 예쁘게 해주면 좋겠지만…. 암튼 남친이 감정선이 별로 없고 말로 표현을 안 한다의 문제라기보단, 그냥 더 사랑받는다는 느낌을 받고 싶다, 이거라고 생각하는데, 예전에 내 친구가 이런 말을 한 적이 있다.

"나는 상대에게 설탕을 주는 게 사랑이라고 생각했는데, 상대는 컵을 받는 걸 사랑이라고 생각했더라. 그래서 헤어졌어."

그때 커피 마시면서 얘기한 거라, 비유가 이런데, 어쨌든 사람은 다들 각자 사랑을 느끼는 포인트가 다를 수 있다는 거다. 사연자 여성은 연인에게 마음을 가득 담은 말, 넘치는 애정 표현을 듣고, 표현하고, 나누고, 다시 생각하면서 사랑을 키워가고 확인하는 스타일이라면, 사연자의 남자친구는 굳이 말을 하지 않아도 행동으로 혹은 정말 혼자서 나름의 표현을 하면서 사랑을 확인하는 스타일일 수도 있다.

솔직히 말하면, 사연자 처지에서만 보면 이게 둘이 안 맞는 거다. 왜냐? 지금 불만이 생기고 있잖아. 진지하게 이 불만 사항들을 말한들, 남자친구는 이해를 못 할 거고, 서로 이런 상황이 반복되면서 둘 다 지치게 되겠지.

근데, 이게 이럴 수도 있다? 자물쇠에는 반드시 맞는 열쇠가 있다. 원래는 사연자의 남자친구가 되게 애교도 있고 표현도 잘하는 사람인데, 그게 사연자에게! 너한테! 발현이 안 되는 거지. 그 남자는 분명히 내부에 애교쟁이 기질이 있으나 자기도 모르고 있는 거. 이게 잔인한 말로 들릴 수도 있지만, 그 남자친구의 애교 자물쇠가 탁! 하고 봉인 해제가 되는 사람이 있을 수 있다.

원래 잠겨져 있는데, 풀어주는 사람이 네가 아닐 뿐. 슬프지만….

　그리고 마지막 질문이, "감정선이 잔잔한 남자친구가 저에게 감정 표현과 애정 표현을 잘, 더 크게, 더 많이, 자주 할 수 있게 하는 방법에는 뭐가 있을까요?"인데, 여기에 대한 내 대답은, 그냥 아무것도 하지 말 것. 상대의 감정은 절대 내가 컨트롤할 수 없다. 하지만 내 감정은? 컨트롤? 쉽지 않겠지만 할 수도 있지. 우선 스스로 '나는 표현하고 주는 것을 좋아하는 사람이구나.' 이걸 먼저 인지하고, 그다음 내가 주는 감정의 크기만큼 상대방은 다르게 받아들일 수도 있고, 그리고 절대 돌아오는 감정의 크기는 내가 준 만큼이 아닐 수 있다는 걸 받아들일 것. 표현하는 걸 좋아하면 혼자 하자. 상대는 그게 좋을 수도 있지만, 부담스러울 수도 있다. 그건 모르는 일이다. 그리고 내가 준 만큼 돌려주지 않는다고, 불만으로 그 감정을 바꾸면 안 된다. 그냥 흘려보내자. '그렇구나. 내가 표현하는 방식과 그가 표현하는 방식이 다를 수 있구나.' 감정표현은 의무가 아니다. 남자친구가 나에게 똑같이, 혹은 더 많이 표현할

의무는 없다.

"그래서 아무 기대하지 말고 다 포기하라는 건가요?" 포기하라는 게 아니라 나와 상대의 차이를 인정하라는 거다. 그리고 진지하게 말해보고 싶은데, 감정 섞인 말로 얘기하게 될까 봐 걱정이라고 했는데, 여자친구가 걸어오는 진지한 대화는, 남자는 끔찍해한다. 내가 정말 핵진지한 이야기를 하고 싶을수록 가볍고 위트 있게 해야 한다. 처음에 말했듯, 상대가 듣고 싶은 말을 하는 거다. 남자가 여자친구한테, 내가 좋아하는 사람한테 본인에 대한 불만과 부족함을 듣고 싶을까? 그것도 진지하게? 거기에 또 뭐라고 대답해…. "…어, 어. 그치. 그치…." 이렇게 대답이라도 고분고분하면 다행이지, 답답해서 더 대화를 피하고 싶게 만들 뿐이다.

여자들, 내 남자친구가 날 사랑하는 건 알겠는데, 그래도 더 표현해줬으면 좋겠다! 이걸 원한다면, 그럼 너의 치트키를 꺼내는 게 가장 확실한 방법이다. 남친을 무장해제시킬 애교! 넘치는 표현력! "나만 좋아하냐? 너, 왜 나한테 표현 안 하냐?" 옆구리 찔러! 그럼 자기도 따라 하진 못해도 웃을 거다. 사랑스럽게 쳐다봐 줄 거다.

어렵게 생각하지 말자. 자꾸 생각에 생각을 잡지 말 것. 지금 당장 운명이란 건 없다. 운명은 '님아, 그 강을 건너지 마오'처럼 나중에 뒤를 돌아봤을 때 '아, 이게 운명이었구나.' 하는 거지, 벌써 뭘 어떻게 알아. 마지막에 함께 있는 사람이 운명이겠지. 남녀관계의 감정을 컨트롤하고 싶다면, 우선 나를 인정하고 상대를 있는 그대로 받아들이려고 노력하자. 내가 상대를 받아들일 수 있다! 이게 되면! 거기에 더 원하는 게 있으면, 애교도 부려보고 여러 가지 시도해보고. 상대가 내가 원하는 대로 변해주면 좋고, 지금과 같아도 괜찮은 거고.

'아, 나는 이렇게 성향이 달라서 안 되겠다.' 그러면 본인에게 맞는 사람 찾아야지. 너무 진지하게, 힘들게 고민하면서 연애하지 않았으면 좋겠다. 다 서로 좋고 즐겁자고 하는 거니까! 너무 심각하게 생각하지 말 것!

15

잘생긴 그 남자! 꼬시고 싶어
– 이렇게 하면 가능!

　너의 그 잠재된 매력을 믿어! 의심하지 마! "저는 밀당 말고, 진정한 사랑이 존재한다는 걸 믿습니다." "제 있는 그대로의 모습을 사랑해주는 사람을 만나고 싶어요." 응? 일단 내 있는 그대로의 모습을 그 남자가 알고 싶어 할까? 연애는 심리게임이다. 적어도 믿음을 기반으로 한 진정한 트루 러브가 되기 전까지는! 내 마음을 훔쳐간 잘생긴 그 남자는 내 옆 어디쯤인 사이일까? 더 가까운 친밀 공간으로 데려오고 싶니?

- 친밀 공간: 반경 60cm 이내
- 친한 친구: 일상과 고민들을 공유하는 사람

일단 잘생긴 남자들은 이성의 접근을 많이 그리고 자주 받는다. 본인이 잘생겼던, 못생겼던 남자라면 예쁜 여자를 좋아하는 건 당연한 건데, 내가 잘생긴 남자다? 그렇다면 당연히 여자 외모를 보는 기준도 높을 수밖에 없다. 근데, 그 남자들이 엄청난 초미녀를 찾는 건 아니다. 외모는 기본인 거지. 외모가 전부는 아니다. 본인이 생각하는 호감 가는 얼굴이라는 게 있을 건데, 일단 그것만 통과하면 된다.

쳇! 솔직히 그냥 존예면 끝 아닌가요?!! 맞아, 진짜 조온예면. 근데 세상에 존예가 뭐, 얼마나 있는데? 어차피 극소수의 개체 수인 존예와 대적할 생각은 하지 말고. 결국, 예쁘면 끝! 이건 아니다. 하지만 호감형은 되어야지. 그건 당연한 거다. 기본으로 할 건 하고 여기에 디테일을 더해야 한다. 기본도 안 하고 잘생긴 남자 만나고 싶다? 세상 그렇게 날로 먹을 수 없어. 기본 관리는 깔끔하게 하고 호감 가는 인상을 갖추는 건 기본사항이다.

그리고 중요한 것! 예쁜 거랑 과한 건 다르다. 자기 주장하고 너무 강한 그런 얼굴은 제발 하지 말자. 정말 많은 잘생긴 남자를 상담하면서, 잘생긴 남자 분들 중에 자기주장 강한 얼굴을 좋아하는 남자는 단언컨대 단 한 명도 못 봤다. 곱게, 참하게, 밝게 빛을 내도록 하자! 여기까지가 기본!

이제 디테일이다. 잘생남에게 픽 당하는 유일한 방법! 나만이 가진 매력 포인트로 어필하자. 성격이든 능력이든 외모적으로든 뭐든! 표준편차 없이 다 중상, 중상, 중상 말고! 그가 호감을 느끼는 외모 기준에서 그 최소 역치를 넘었다면 무조건 어떤 하나 이상의 포인트는 완벽한 고득점이 있어 줘야 한다.

자, 예를 들어보자. 어떤 사람이 의자를 사러 매장에 갔다. 의자가 막 몇십 개가 있는데, 다 다른데, 다 예뻐! 다 괜찮아. 근데 의자 하나가 좀 특이하게 예쁘네? 뭔가 달라. 자꾸 눈이 간다? 조금 불편할 수 있을 것 같은데도 뭔가 계속 눈길을 끌어. 물론 너무 불편해서 서 있는 게 더 낫겠다 싶을 정도면 안 사겠지. 근데 막 불편하진 않은 정도야. 거기 있는 의자들이 다 비슷하게 예쁜데, 저건 뭔가 진짜 디자인, 포인트가 달라서 시선 강탈. 그럼 거기에 끌려서 그걸 사게 된다. "전 허리 아파서 편한 의자 살 건데요." 하는 사람들. 그런 의자를 말하는 게 아니다.

솔직히 난 아무리 해도 외모로 바로 남자를 넘어오게 할 정도는 아닌데, 하는 여자라면, 1차 외모가 그 남자의 기준보다 미달이라면 이런 디테일도 필요 없는 거지만, 내가 그 남자에게 기본 호감 가는 정도이긴 한데, 주변에 더 예쁜 여자들이 많아서, 이게 고민이라면 걱정할 필요 없다. 어차피 그 남자 호감 기준선을 넘었다면! 정상범주 안에서 나만의 다른 매력을 보여주면 되는 것이다.

일단 시작은, 먼저 보고 싶은 마음이 들게 해야 한다. 바로 궁금증 유발. 그 궁금증이 생기게 하는 것은 뭔가 다름, 뭔지 모를 차이에서 시작된다. 잘생긴 애들은 자기가 잘생긴 걸 알고 있다. 웬만한 여자들은 자기를 좋아해서 접근하고, 혹은 어려워하고 조심스러워한다는 걸 이미 잘 안다. 그렇다면 그 웬만한 여자들과 내가 다르고, 그녀들과 차이가 있어야 한다.

우선 한마디로 말하자면, 내가 하고 싶은 대로 하지 말 것. 정반대로 할 수 있음 좋고, 아니면 차라리 그냥 가만히 있는 게 나을 수도 있다. 아무것도 하지 말자. 왜냐? 이미 많은 여자가 그의 주변에서 뭔가를 하고 있다. 끊임없이. 그 흔한 대부분의 나쁘지 않은 혹은 나름 예쁜장한 여자들이 다 잘해줘. 다 챙겨줘. 이미 그러고 있을 것이다. 항상 그 남자를 궁금해하고 눈치 보고 있다고. 여기서 그녀들과 똑같으면 묻히겠지. 근데 나는 아무것도 안 한다? 오히려 막 편하게 대한다? 어? 뭐지? 다른 여자들은 내가 말만 하면 의미부여하고 나 잘생겼다, 그러는데, 얘는 나를 진짜 그냥 남자사람친구로 생각하는 건지, 행인 1, 2, 3으로 생각하는 건지 모르겠어. 편하긴 한데, 뭔가 찝찝하네? 이게 시작이다.

"근데, 좋은데 어떻게 아무것도 안 해요. 연락하고 싶고, 연락 오면 답장하고 싶고, 부르면 당장 달려가고 싶은데!"

알지, 알지. 그 마음 왜 모르겠니. 근데 달려가지 마. 그럼 안 돼. 궁금증, 호기심이라는 감정은 나의 예상대로 되지 않았을 때, 내 생각과는 다르게 전개될 때 시작된다. 예를 들면, 잘생긴 남자랑 만날 약속을 잡고 싶어. 마블 영화가 새로 개봉했다 치고, "그거, 그거, 개봉했대. 주말에 시간 되면 보러 갈래?"라고 했다 치자. 남자가, "나, 일요일은 약속 있고, 토요일 오후에 잠깐 시간 되기는 하는데…. 영화보긴 애매할 듯!"이라고 답이 왔어.

그럼 어때? 나는 토요일 오후에 잠깐이라도, 커피 한 방울이라도 같이 먹자고 답하고 싶.겠.지.만! 그때! 그러지 말라고! 조바심내지 말 것! 나는 정말 그냥 그 새로 나온 영화가 보고 싶었을 뿐, 그게 누구든 상관없다는 마인드를 가져야 한다. '얼마든지 다른 남자랑 영화 보고 커피 마실 수 있어!'라고 마인드 컨트롤. 스스로 최면을 걸고. "힝, 근데 난 이번 주에 봐야겠어. 넘 궁금행! 그럼 내가 보고 나서 재밌는지 말해줄게."라고 보낼 수 있어야 한다.

쫓기듯이 잠깐 그 시간에 그 남자를 본다 한들, 걘 저녁에 다른 여자 만날 거다. 이미 벌써 그렇게 약속을 잡았어, 걘. 잘 모르겠으면 그 남자가 나에게 하는 행동 그대로 하면 된다. 잘 보이려고 하면 더 복잡해질 뿐. 아무리 잘생겼어도 그 때문에 내 시간을, 내 행동을 합리화해서 억지로 그 남자와 엮으려 하면 망하는 거다.

그리고 동정심을 유발하기 위해, 혹은 그런 의도가 전혀 없지만, 그냥 그가 좋아서 막 내 얘기를 해주고 싶어! 전 연애에서 받은 상처들, 내 주변 친구들과의 시시콜콜한 이야기, 절대 다 오픈하지 말 것. 이것도 어느 정도 진전이 된 후에 연인이 되었을 때라면 모를까, 그냥, 전 연애 얘기는 그냥 하지 마. 못생긴 남자한테 하소연하는 거 아니면. 너의 친한, 세상에 둘만 있어도 문제없을 남사친한테나 하자. 그런 얘기는.

항상 그가 나랑 함께하는 시간은 대면이든 비대면이든 재밌어야 한다. 힘든 하루를 보내고 나서, 아니면 문득! 뭐 어떻게든! 갑자기 너가 생각이 나게 하려면, 그의 기억 속에 너와 보낸 시간은 즐거워야지. 이것이 다른 여자들과는 다른 매력의 시작이다.

그래서 그다음은 어떻게 해야 하는 건데요? 이건 끝없이 많지. 다들 비슷한 이쁜 애들 중에 내가 그에게 어필될 수 있는 무언가! 완전 순수하고 정말 착한 성격이 매력이 될 수도 있고, 완전 지적인 내 성향이 매력이 될 수도 있고, 진짜 웃긴 내 언변이 매력이 터질 수도 있고, 정말 그 남자의 말을 잘 들어주고 공감해주는 거기에 푹 빠지게 할 수도 있고, 그와의 공통 사에 막히지 않고 술술. 같이 대화할 수 있는 그런 점이 매력이 될 수도 있고. 하여튼 내가 가진 장점을 최대한 끌어올려서 어필하자. 기본 매력 역치를 넘긴 상태라면 무조건 다른 여자보다 압도적인 어떤 매력이 추가적으로 있어야 한다. 어중간한 건 안 돼. 앞에서 말한 점들 중에 그 잘생남에게 확 꽂히는 대박 매력! 주변에 없는! 남다른 매력템이 있어야 하는 거다.

자, 정리하면 외모는 기본. 더해서 다른 매력을 보여줘야 하는데, 매력이라는 건 궁금증, 호기심 유발이 시작이다. 궁금증과 호기심은 어디서 온다? 다름의 차이에서 온다. 누구와의 다름? 다른 웬만한, 그냥 좀 예쁜 여자들과의 다름. 다르다는 건 예상에서 벗어나는 것이고, 예상에서 벗어나기 위해선 조급해하지 말 것. 절대 그의 주변에 천지 널린 그녀들과 똑같이 행동하지 말 것! 그리고 재미가 있을 것! 거기에 나만이 보여줄 수 있는 매력을 마구마구 발산할 것! 나의 매력을 최대한

끌어올려 내가 원하는 그 잘생긴 남자, 꼭 쟁취해보길
바란다.

16

무조건 생각나는 여자의 공통점

계속 생각나는 여자! 보고 또 보고 싶은 여자. "회사에서 좋아하는 상사분이 있는데, 어떻게 하면 친해질까요?" "다른 과 얼굴만 아는 사이인 남자를 꼬시고 싶어요." "썸남에게 고백 유도하는 방법 궁금해요." 이런 질문을 참 많이 받는다. 좀 다른 분야 같지만 결국은 "여자인 내가 관심 있는 그 남자에게 어필하고 싶다!" 좀 더 친해지고 싶고, 더 나아가서 그 남자가 나를 좋아하게 만들고 싶은 거지.

우선 여자들, 내가 좋아하는 사람에게 어필하고 싶다면서 지금 치킨 시켜놓고 이거 읽고 있는 거 아니겠지? 자기관리도 안 하는 여자가 뭐, 어떤 스킬을 써서 남자를 꼬시는 방법은 없다. 그가 나에게 없던 호감이 생기게 하는 방법은, 일단 그 남자가 나를 싫어하는 경우엔 그런 방법은 없다. 우선 기본적인 자기관리. 이게 되어 있지 않다면 가능성은 없고, 외모 관리가 잘 된 여자라면 이 한 곳으로 금방 친밀 공간으로 데려올 수 있지. 그 남자!

자, 내가 나쁘지 않아. 괜찮은 여자다! 이 전제하에 일단 그 남자와 나의 지금 현재 거리가 중요하다. 우선 상대방은 나를 모른다. 혹은 얼굴만 안다면 이 경우엔 서로 인사하는 사이가 되는 게 1번이다. "저는 수줍음이 많은데, 어떻게 인사하죠?" "먼저 인사하면 부담스러워하거나 놀라지 않을까요?"

가만히 있는 나에게 그 남자가 먼저 다가와 환하게 웃으면서 인사해줄 일은 없다. 애초에 존예면 이 고민을 하지도 않는다. 그냥 한다. 밝게 환하게 웃으면서 "안녕하세요." 이거 싫어할 남자, 단 한 명도 없다. 심지어 나쁘지 않은 여자가 날 보면서 환하게 웃으며 매일 인사를 먼저 하면 없던 관심도 생긴다.

자주 가는 카페 알바생에게 고백 공격했다는 남자들이 왜 많은지 아나? 누가 그렇게 웃어줘. 본인이 좀 예쁘면 이것만 제대로 해도 거의 성공이다. 우선 인사부터 계속하면서 눈을 맞춘다. 서로 인사하는 사이가 되었다면 말을 걸고 대화를 해야지. 이때 오바하지 말고 대화를 할 때는 상대방 의견에 일단 긍정을 하고 호응해 준다. "아!" "우와!" "오!" "어, 그런 것 같아요!" "저도 그건 그렇더라구요!" "우와, 어떻게 아세요?" 이런 리액션을 계속해 줘야 한다. 이런 말을 할 땐 핵 진지하지 말고 웃으면서 하자. 헤벌레 아니다. '미소.' 다 파인 옷, 쫙 붙은 옷 입고 도도하게 있는 여자보다 귀엽고 청순한데 날 보면서 환하게 웃어주고 나의 말, 나의 행동에 즐거워해주는 여자가 훨씬 더 생각난다.

그렇다고 너무 막 오바, 육바, 그런 리액션은 부담스럽고, 특히나 썸남인 경우엔 이미 어느 정도는 가까워진 사이인데, 이때는 무조건 나와 있는 시간을 즐겁게 해줘야 한다. 그 남자를 웃겨주고 오란 게 아니다. 그 남자한테 많이 웃어주고 와라. 웃음을 팔라는 게 아니라, 남자의 말과 행동에 재밌어 해주고 와라. 남자는 개그맨이 공연하는 개콘을 보는 것보다 자기가 예쁜 여자 웃긴 걸 훨씬 더 재밌었다고 생각한다.

다시 한번! 절대 너무 오바해서 과하면 부담스럽고 가볍게 빵빵 터져주고 와라. 남자가 먹고사는 것. 칭찬과 리액션. 이게 기본이라는 걸 다 알면서도 이걸 잘 못하는 거 같다. 하지만 쉽다.

"굳이 그렇게까지 해야 하나요?" 굳이가 아니지. 그 남자가 계속 널 생각나게 하고 싶지 않나? 남자가 좋아하는 여자 웃기는 게 힘들지 웃어주는 건 그거에 비해 얼마나 쉬운데. 대신 진심으로 즐거워해야 한다. 남자가 핵노잼이라 도저히 웃음이 안 난다면 그건 네가 그 남자를 별로 좋아하지 않는 거다. 내가 관심 있는 남자는 뭔 말을 해도 웃길 수밖에 없다. 그리고 꼭 남자 때문이 아니더라도 평소 웃음기 없는 얼굴, 시니컬한 여자라면 미소는 삶을 윤택하게 한다. 믿어라. 진짜니까. 그리고 오늘부터 연습하자.

17

절대 괜찮은 남자들을 만나지 못하는
여자들의 특징

　지금부터 말하는 성향을 지닌 여자들이 괜찮은 남자를 만났다 치자. 헤어질 거다. 괜찮은 남자는 절대 이런 여자와 먼 미래를 꿈꾸지 않는다. 이번엔 좀 멋진 남자와 만나 연애를 잘 하나 싶었는데, 이번에도 또 삐걱. 괜찮은 남자와 썸타고 이제 나도 연애하나 싶었는데, 또 삐걱. '대체 문제가 뭘까?', '내가 문제인가?' 하는 분 중에 나의 문제점을 정확하게 인지하고 받아들이고 고칠 생각이 있다면 지금부터 잘 따라와라. 절대 이런 성향의 여자를 비하하려는 게 아니다. 자신의 문제점을 고쳐서 진짜 햄 볶는 연애하시기를 바란다.

　절대 괜찮은 남자를 만나지 못하는 여자들 특징!

　첫째, 징징징징징징에너지 뱀파이어. 어제는 이게 이래서 징징. 오늘은 저게 저래서 징징. 징징징징. 호감이 생겨 만나다가도 옆에서 계속 징징거리면 진이 빠진다. 아무리 예뻐도 질린다. 이런 여자는 주변에 동성 친구도 없으므로 친구에게 풀 수도 없겠지. 징징거림은 엄마에게만 통한다. 오직 엄마 아빠만 받아줄 수 있다. 그건. 귀엽게 말해서 찡찡이인 거지. 징글징글하다.

　이건 우선 징징거림을 끊는 게 가장 중요하지만, 근본적으로는 성격을 좀 순화시켜야 한다. 세상에 원래 내 마음대로 되는 일은 없다. 불평불만이 많으면 우선 지금 감사한 일들부터 먼저 생각하는 연습을 좀 하고, 습관적으로 징징대고 있다면 내가 징징거린다는 걸 인지하는 연습부터 해야 한다. '아! 내가 또 징징거리고 있네. 그만하자.' 연습해라. 꼭! 이런 여자를 좋아하는 괜찮은 남자는 세상에 없다. 있어도 널 만나지 않는 게 아니라 그런 남자는 그냥 없다.

둘째, 소비가 수입보다 많다. 남자들은 사치 심한 여자 만나면 패가망신한다는 소리를 어릴 때부터 귀에 딱지가 앉을 만큼 들어왔다. 근데 사치가 심한 여자를 좋아하는 남자는 없다고 하지만, 본인 벌이가 좋고 수입이 많은 여자가 그에 맞는 소비를 하는 건 사실 아무 문제가 없다. 월 몇천씩 버는데 월 천씩 소비하는 건 사치라고 할 수 없고, 그들은 그들만의 삶을 영위하는 기본값이 있으니 일반인 기준으로 이걸 욕하는 건 그냥 시기 질투다.

하지만 수입이 뻔하고 원래 집안이 빵빵한 것도 아닌데 모아둔 돈은 한 푼도 없고 버는 대로 족족 카드값에 허덕이며 명품을 사고, 호캉스를 즐기고, 플렉스한 삶을 사는 여자라면 연예인급 미인이 아니고서야 그런 여자를 좋아하는 정상적인 괜찮은 남자는 단언컨대 없다. 사실 사치는 성향이라 고치기가 굉장히 힘들다. 사치스러우면서 좋은 남자 만날 욕심은 접자. 아니면 본인이 그 소비를 커버칠 능력을 키우던가. 지속해서 생산적이고 미래지향적인 탄탄한 내면의 아름다움을 키우는데 투자하자. 그러면 잡다한 사치는 줄어들 수 있다.

셋째, 집착하는 여자. 남자가 어디서 뭘 하는지 모든 걸 다 알아야 하고, 모든 게 다 의심스럽고, 남자가 늘 자신의 결백을 입증해줘야만 한다면 어떻게 만나냐, 숨막혀서. 의심병은 정말 사람을 질리게 한다. 사랑해서 의심한다고 하지만 그건 집착이지, 사랑이 아니다. 외모가 엄청 예쁜 여자면 평범한 남자에게는 약간 집착해도 된다. 평범한 남자는 예쁜 여자의 집착을 좋아하는 예도 있다.

근데 좀 잘나가는 남자라면? 괜찮은 남자 중에 한가해 빠진 남자는 없다. 일도 하고, 지인들도 만나고, 운동도 하고 책도 읽고, 바쁘다. 할 일 없이 나한테만 내내 집착하고 사사건건 의심하는 여자는 길어봤자 몇 달이다. 자기 할 일이 없는 여자들이 보통 집착을 하는데, 안 그래도 책임질 게 많은 남자는 자기 삶의 무게를 본인에게 전부 의지하는 여자를 좋아할 수가 없다. 주체성 있는 여자를 좋아한다. 자기 할 일을 해라. 혼자서도 잘 지내야 같이 있을 때도 잘 지낼 수 있다.

넷째, 무식한 여자. 지적 수준도 물론 중요하지만 여기서 말하는 무식은 몰상식함이다. 교양이라곤 1도 없이 욕을 입에 달고 살고, 어디를 가서도 부끄럼 없이 목소리가 너무 크고 자기 얘기만 내내 하고, 식당 종업원, 택시기사, 물건을 구매할 때 점원에게 자기 집 종 부리듯 예의 없이 하는 행동을 보면 정이 떨어진다. 그런 여자가 내 아이의 엄마라고 생각하면 절대 불가능하다. 책 안 읽을 거 알지만 무식 탈출과 교양을 쌓는 가장 빠른 길은 독서다. 이상한 책 말고 내 삶의 스테이지를 바꾸고 싶다면 책 읽어라. 필수다.

여기까지. 생각보다 뻔한 내용이라 생각할 수 있다. 가슴에 손을 얹고 자알 생각해보자. 과거의 나의 행동들을.

나는 이제
사랑하기로 했다.

2022년 6월 1일 초판 1쇄 펴냄

펴낸곳 (주)꿈소담이 / 뜰Book
펴낸이 이준하
글 성지인
일러스트 미니
북디자인 쏘울기획

주소 (우)02880 서울특별시 성북구 성북로5길 12 소담빌딩 302호
전화 02-747-8970
팩스 02-747-3238
등록번호 제6-473호(2002. 9. 3.)
홈페이지 www.dreamsodam.co.kr
북카페 cafe.naver.com/sodambooks
전자우편 isodam@dreamsodam.co.kr

ISBN 979-11-91134-18-6 03810